FlühMühKüh

Mike Petzold

FlühMühKüh

Die Geschichte eines kleinen Entdeckers

Bibliografische Information der Deutschen Nationalbibliothek:
Die Deutsche Nationalbibliothek verzeichnet diese Publikation in der
Deutschen Nationalbibliografie;
detaillierte bibliografische Daten sind im Internet über
http://dnb.d-nb.de abrufbar.

© 2013 Mike Petzold
Satz, Umschlaggestaltung, Herstellung und Verlag:
BoD – Books on Demand
ISBN: 978-3-8482-4278-8

Inhalt

Ein kurzes Vorwort muss sein

Zugegeben, es ist schon eine ziemlich außergewöhnliche Begebenheit, über die ich hier berichten will. Geschichten wie diese gibt es nicht allzu häufig. Doch manchmal liegen sie einfach so vor einem auf der Straße wie seltene Steine, man stolpert darüber und fällt mit der Nase auf sie. Oder sie fliegen einem zu wie ein Wellensittich, der die Gelegenheit des offenen Fensters genutzt hat. Erfinden kann man sie nicht – zumindest ich nicht –, aber man kann sie weitererzählen.

Darum brauche ich auch nicht mit »Es war einmal …« beginnen, denn es ist kein Märchen. Derjenige, um den es hier hauptsächlich geht, sitzt mir gegenüber und hat alles wirklich erlebt. Genau so, oder zumindest fast ganz ähnlich. Ich habe das Ganze zu Papier gebracht, weil man mich darum gebeten hat. Der Familie des FlühMühKüh und ihm selbst musste ich allerdings versprechen, einige Namen von Personen und Orten zu ändern. Das FlühMühKüh ist eben etwas bescheiden in seiner Art, genau wie die Familie, bei der es wohnt. Sie möchten nun mal nicht, dass irgendwann Massen von sensationslüsternen Journalisten und Kamerateams vor der Tür stehen, abgesehen von den zwei Kleinkriminellen, die im Buch vorkommen. Aber glücklicherweise bleiben die noch einige Jahre im Gefängnis.

Jetzt werden vielleicht viele Leser fragen: Was ist denn überhaupt ein FlühMühKüh? Oh, das ist eigentlich in einem Satz nicht zu erklären, deshalb habe ich seiner Vorstellung gleich das erste Kapitel gewidmet. Und richtig muss es heißen: *das* FlühMühKüh! Weil es nur das eine gibt. So wie jeder Mensch für sich betrachtet einzigartig ist, so einzigartig ist auch die Hauptfigur in diesem Buch. Und seine Abenteuer, die es erlebt.

Wer nun aber glaubt, hier einen Bericht über einen Superhelden vorzufinden, der wieder einmal unseren Planeten rettet, den muss ich enttäuschen. Es wurden schon viel zu viele dicke, mehr oder weniger großartige Romane zu diesem Thema geschrieben.

Nein, es ist allerhöchste Zeit, auch mal die Unscheinbaren in den Mittelpunkt zu stellen. Für so ein kleines Wesen kann es nämlich schon Abenteuer genug sein, sich in unserer Welt zu behaupten, eine Familie zu finden … Halt! Ich verrate ja schon alles vorher. Wer liest dann noch die nachfolgenden Kapitel, wenn im Vorwort alles ausgeplaudert wird? Darum genug der Vorrede, schließlich möchte ich nun endlich unsere Hauptfigur vorstellen und gleich am Anfang erzählen, wie ich das FlühMühKüh kennenlernte.

Oder besser: wie ich mit ihm bekannt gemacht wurde.

Erstes Kapitel

»Angenehm, FlühMühKüh!«

Unsere Geschichte beginnt in Sachsen, genauer gesagt im Erzgebirge. Eben jener Gegend in Deutschland, in der es viele Berge mit dichten Fichtenwäldern gibt, wo die Menschen zur Weihnachtszeit Pyramiden, Engel und Bergmänner in die Fenster stellen und man sich untereinander in einem leicht singenden Dialekt unterhält, der etwas putzig klingt. Das ist natürlich nur die Meinung von Touristen und Nicht-Erzgebirglern. Die Einheimischen sind aber so gemütlich wie ihre Mundart und sehen diese als völlig normal an.

Alles fing, zumindest für mich, an einem Sonntag an. Es war Mitte August, die Sommerferien neigten sich dem Ende zu und am kommenden Montag sollte die Schule wieder beginnen. Ich war bei einer befreundeten Familie zum Kaffee eingeladen, der Familie Patzelt. Martin Patzelt ist von Beruf Feuerwehrmann. Aha!, werden jetzt die ersten Neunmalklugen ausrufen, es geht also doch um Superhelden, Feuerwehrleute und so, die sich den Flammen mit bloßen Händen todesmutig entgegenwerfen und dabei vielleicht noch ein lustiges Liedchen pfeifen. Was für ein Unsinn! Man sollte nicht alles glauben, was im Fernsehen gezeigt wird. Martin Patzelt ist ein ruhiger und lustiger Mensch, immer zu einem Spaß aufgelegt. Wir sind zusammen zur Schule gegangen, haben unsere Jugendzeit miteinander verbracht und manchen Streich ausgeheckt. Nur hatte er beim Erwischtwerden immer den Einzelkindbonus. Das heißt, er kam bei seinen Eltern meistens – fußballerisch ausgedrückt – mit einer gelben Karte davon. Bei mir gab es fast immer einen Platzverweis von meinem Vater. Ich durfte in schöner Regelmäßigkeit eine Woche an Plätzen ohne Fernsehen oder Fußball verbringen, also Zimmerarrest.

Martins Frau Cäcilia, klein und zierlich, arbeitet in einem Büro und ähnelt charakterlich sehr ihrem Mann. Tochter Anne, ein 13-jähriges quirliges Mädchen, öffnete mir auf mein Klingeln die Tür. Schon im Korridor erschnüffelte meine für alle Genüsse hochempfängliche Nase, dass Cäcilia wieder ihren berühmten Quarkkuchen gebacken hatte.

»Na, da bist du ja endlich!«, begrüßte mich mein Freund und schob mich, nachdem ich auch seiner Frau Hallo gesagt hatte, ins Wohnzimmer.

Patzelts leben in einem Mehrfamilienhaus etwas oberhalb der Stadt, sodass man vom Fenster aus einen schönen Ausblick auf die gegenüberliegenden Berge und Wälder hat. Immer wenn ich dort zu Besuch bin, genieße ich zuerst diesen Ausblick, ich kann einfach nicht genug davon bekommen, man entdeckt da draußen immer wieder etwas, das einem beim letzten Mal noch gar nicht aufgefallen war. Auch diesmal sah ich etwas Neues, allerdings drinnen auf dem Fensterbrett: Zwischen Patzelts wunderschönen Orchideen – eine wahre Pracht dank Cäcilias guter Pflege – stand ein kleiner Holzstuhl und darauf saß eine Plüschkuh, etwa so groß wie ein Zwergkaninchen. Die Kuh hatte eine knollenartige Nase und einen etwas gedrungenen Körper mit einem kleinen Bäuchlein. Sie war braun-beige gefleckt und trug um den

Hals ein rotes Tuch mit gelben und weißen Punkten. Die braun umrandeten Ohren standen seitlich vom Kopf ab und zwischen den kleinen Hörnern ragte ein Haarbüschel in die Höhe. Auf ihrer Schnauze war ein kleines, feines Lächeln zu sehen. Am auffälligsten waren jedoch die schwarzen glänzenden Knopfaugen, mit denen sie mich gerade interessiert zu mustern schien.

Hat Anne ihre Kuscheltiere wiederentdeckt?, fragte ich mich. Komisch, noch vor einiger Zeit war ihr das peinlich gewesen, schließlich sei man mit 13 Jahren fast schon erwachsen, wie sie verlauten ließ. Na ja, die Gefühlswelt von Teenies in diesem Alter können selbst die Eltern schwer beurteilen, wie ich unlängst von Cäcilia erfuhr.

Martin riss mich aus meinen Überlegungen.

»Na, was gibt's Neues?«, wollte er wissen und wir schwatzten über dieses und jenes, bis schließlich Anne verkündete, dass der Kaffee fertig sei. Wir setzten uns alle an den gedeckten Tisch, ich bekam meinen Lieblingsplatz am Fenster bei den Orchideen. Cäcilia hatte sich beim Backen wieder einmal selbst übertroffen, das erste Stück Quarkkuchen hatte ich in null Komma nichts verputzt. Als ich mit dem Vertilgen des zweiten begann und wir gerade beim Gesprächsthema Urlaub angekommen waren, sagte Martin plötzlich, zum Fensterbrett gewandt: »Ach übrigens, darf ich vorstellen, das ist Benno Malik.«

Merkwürdig, dachte ich während der nächsten zwei Bisse Quarkkuchen, wem stellt er mich denn vor? Alle im Zimmer befindlichen Personen kennen mich doch, und das schon seit längerer Zeit. In diesem Moment hopste die kleine Plüschkuh von ihrem Stuhl, trippelte auf dem Fensterbrett auf mich zu, streckte mir die rechte Pfote entgegen und sagte mit einer etwas piepsenden Stimme: »Angenehm, FlühMühKüh!«

Cäcilia gestand mir irgendwann, dass die Tasse, die mir jetzt aus den Fingern glitt und klirrend am Boden zerbrach, Teil eines Kaffeeservices gewesen war, das sie von ihrer Oma geerbt hatte. Der heiße Inhalt ergoss sich über die Tischdecke und meine Hose und hinterließ hässliche Flecke. Schlimmer war jedoch, dass ein Bissen des leckeren Kuchens den Weg in meine Luftröhre fand, worauf diese nun überhaupt nicht vorbereitet war. Ich bekam einen mittleren Erstickungsanfall und veränderte meine Gesichtsfarbe zu Kornblumenblau – so wie die Blumen auf Cäcilias zerbrochener Kaffeetasse. Martin kannte sich glücklicherweise mit solcherart Notfällen aus, er beförderte das fehlgeleitete Stück Quarkkuchen mit einigen derben Schlägen zwischen meine Schulterblätter wieder aus mir heraus und meine Augen kehrten allmählich in ihre Höhlen zurück. Ich bekam wieder Luft, die Stimme versagte jedoch noch immer ihren Dienst. Ich konnte nicht mehr als ein heiseres »Wieso …, was ist denn …?« krächzen.

»Jedes Mal dasselbe«, sagte Cäcilia, während sie begann, die Trümmer der zerschollenen Tasse einzusammeln. »Es hat manchmal eine, nun ja, spontane Art, sich vorzustellen. Und weil kaum jemand auf so was gefasst ist, passieren dann solche Sachen.« Ich sah, dass Cäcilia Tränen in den Augen hatte, und dachte zuerst, ihr kaputtes Geschirr sei der Grund. Aber dann bemerkte ich, dass sie mit Mühe einen Lachanfall zu unterdrücken versuchte.

Währenddessen stand die kleine Kuh vor mir auf dem Fensterbrett, schaute mich aus ihren schwarzen Knopfaugen erwartungsvoll an und hielt mir immer noch die rechte Pfote hin.

»Sehr – äh – erfreut, ja, hm – Malik, äh – Benno«, brachte ich mühsam heraus, während ich vorsichtig mit zwei Fingern die braune Pfote ergriff. Es war wirklich weicher Plüsch, da war kein Irrtum möglich. Mein entgleister Verstand hatte wahrscheinlich stark gelitten und Tierfell und Huf erwartet. Krampfhaft versuchte ich, an der Kuh eine Antenne, ein Kabel oder wenigstens ein Batteriefach zu erkennen. Nichts dergleichen war zu sehen. Irgendjemand musste doch dieses Spielzeug da mit einer Fernbedienung steuern! Aber wer? Und wie?

Ah, jetzt hatte ich die Lösung: In Cäcilias Quarkkuchen war eine neuartige Komponente geraten, die in mir Wahnvorstellungen auslöste. Das war es, glaubte ich – zumindest einen Augenblick lang.

»Geht es Ihnen gut? Sie sehen so blass aus. Hatten Sie schon Urlaub?«

Wieso konnte es sprechen? Es hielt, während es auf meine Antwort wartete, den Kopf ein wenig zur Seite geneigt. Was ging hier vor? Warum veralberten mich die Patzelts derartig???

»Ich – ja, ich hatte schon Urlaub.« Weil ich keine logische Erklärung für das Ganze fand, beschloss ich aus lauter Trotz, auf das alberne Frage-Antwort-Spiel einzugehen. Irgendwann würde Martin – nur er konnte dahinterstecken – davon genug haben und mir zeigen, wie dieses »FlühMühKüh« hier funktionierte.

Wenigstens hatte ich mich nun wieder so weit unter Kontrolle, dass ich meinen Gesprächspartner während unserer Unterhaltung aufmerksam betrachten konnte.

Aufrecht, wie es jetzt vor mir stand, war das FlühMüh-Küh vielleicht 25 Zentimeter groß. Seine Stimme erinnerte mich ein wenig an Pittiplatsch – oder doch vielleicht an Roger Rabbit?

Es hatte die Eigenart, das »I« manchmal wie ein »Ü« auszusprechen und dabei die Schnauze leicht zu spitzen, als ob es Flöte spielen oder pfeifen wollte. Und es schaute mich weiterhin sehr aufmerksam mit seinen Knopfaugen an.

»Als was arbeiten Sie?«, kam die nächste Frage aus Richtung Fensterbrett.

»Ich – hm, ich schreibe Artikel für die Zeitung. Kleine Artikel.« Selbst das war immer noch die Übertreibung des Jahres. Ich hätte »unbedeutend« sagen sollen, denn die Beiträge, die ich für die Lokalseite des Tageblattes unserer Gegend schrieb, waren meist so aufregend, dass sie zuerst in irgendwelche freien Ecken der Zeitung gequetscht und dann von den Lesern einfach überlesen wurden. Sie dienten mehr oder weniger als Füllmasse und wurden auch so bezahlt. Weswegen auch dieses Jahr mein Gehalt nicht für einen Urlaub im sonnigen Süden reichte, meine 14 freien Tage hatte ich daher bei Dauerregen zu Hause verbracht.

»Sie sind Schriftsteller? Ooooooh!«, entfuhr es dem FlühMühKüh. Die Schnauze formte ein weiteres »Oooooooh!« und die Knopfaugen wurden ganz groß. Ich glaube, in diesem Moment zweifelte ich das erste Mal daran, dass hier einer Schabernack mit mir trieb. Dennoch blieb es unbegreiflich: Ich unterhielt mich tatsächlich und wirklich mit einer Plüschkuh!

»Sie müssen wissen, ich habe längere Zeit in einer Buchhandlung verbracht. In dieser Zeit habe ich fast alles gelesen, was vorrätig war und was ich mit Bonifazius Schwein wieder zurück ins Regal stellen konnte. Denn große Bildbände können für ein kleines Küh wie mich schon fast zu schwer sein. Haben Sie auch schon ein Buch geschrieben?«

Nein, an einem Buch hätte ich mich noch nicht versucht, wollte ich antworten, aber Cäcilia und Anne konnten jetzt einfach nicht mehr. Sie verließen prustend das Zimmer und draußen hörte ich sie richtig loswiehern. Martin hatte sich stärker im Griff, grinste aber ebenfalls von einem Ohr zum anderen.

»Alberne Weiber!«, meinte er nur.

So, nun reichte es mir, und zwar gründlich. Man präsentierte mir hier ohne Vorwarnung ein sogenanntes FlühMühKüh, das sich wie selbstverständlich mit mir über Urlaub, Bücher und meinen Job unterhielt und auch noch ein Schwein als Freund hatte!

»Kannst du mir endlich mal verraten, was hier passiert?«, flehte ich Martin an. »Wieso kann es sprechen, wo kommt es denn überhaupt her? Lebt es? Und wieso heißt es FlühMühKüh?«

Martin blieb ganz gelassen: »Frag es doch selbst! Ihr beide habt euch doch schon recht angenehm unterhalten. Es ist auch nicht jedem gegenüber gleich so aufgeschlossen und redselig wie bei dir. Wenn ihm etwas nicht passt, sitzt es einfach nur da und beobachtet alles. Es ist mittlerweile vorsichtiger geworden. Wir haben nämlich auch schon mit Zeitgenossen Bekanntschaft machen müssen, die unbedingt nachsehen wollten, welche Elektronik im Küh verbaut sein könnte.«

Ich musste mir auf die Zunge beißen. Immerhin hatte ich vor wenigen Minuten einen ganz ähnlichen Gedanken gehabt.

»Und ob es lebt? Zumindest nicht von Essen und Trinken. Es lebt vom Lesen, vom Entdecken des Neuen, vom Kennenlernen fremder Länder, vom Reisen. Wenn es längere Zeit ohne diese Dinge sein muss, dann wird es melancholisch, der Glanz verschwindet aus seinen Augen, es spricht nicht mehr und verfällt in eine Art Dämmerzustand. Und Einsamkeit mag es überhaupt nicht. Es braucht eine Familie, eigentlich so wie jeder Mensch.«

Cäcilia und Anne waren in der Zwischenzeit wieder ins Wohnzimmer gekommen.

»Du ahnst nicht, wie aufregend unser Urlaub war«, wechselte Martin jetzt das Thema. »Die Entführung, der Unfall mit dem neuen Auto …«

Seine Frau und seine Tochter nickten vielsagend, doch ich kapierte überhaupt nichts mehr. Das alles hatte bisher keiner auch nur mit einer Silbe erwähnt! Wie bitte??? Welcher Unfall? Wer war entführt worden? Der Fragenberg begann, mir über den Kopf zu wachsen.

»Ja, und dann die Zeit bei Paul, dem Abschleppfahrer«, meldete sich das FlühMühKüh zu Wort, das wieder auf seinem Holzstuhl Platz genommen hatte.

»Habt ihr eventuell die Güte und bringt das Ganze in eine auch für mich verständliche Reihenfolge?«, bettelte ich. »Und wieso sagt ihr eigentlich nicht *die* Kuh?«, wollte ich wissen. Jetzt mischte sich Anne ein: »Siehst du irgendwo so was wie ein Euter? Und nach Bulle oder Ochse sieht es ja nun auch nicht aus, oder? Also heißt es logischerweise *das*! Und *Küh*, weil *das Kuh* erst recht doof klingt, nicht wahr?«

»Außerdem hat man mir den Namen *Küh* quasi schon ab Werk mitgegeben«, ließ sich nun wieder das FlühMühKüh vernehmen. »Und mein Name entstand durch …«

»Pscht!!! Verrate doch nicht alles vorher!«, riefen die drei Patzelts wie aus einem Mund. »Das kam doch erst viel später, als du schon bei uns warst«, ergänzte Cäcilia, »und den allergrößten Teil wirst sowieso du berichten müssen. Wir können ja nur sagen, was in den letzten fünf oder sechs Wochen passiert ist.«

Martin ging an den Barschrank und holte seinen Cognac für besondere Anlässe heraus. »Hier, das wirst du brauchen«, sagte er zu mir und füllte die Gläser.

»Womit soll ich denn nun anfangen, Chefin?« Das FlühMühKüh sah fragend Cäcilia an, die mit diesem Kosenamen gemeint zu sein schien.

»Ach so, na klar! Ich beginne einfach mit dem, was ich damals in der Fabrik erlebt und gesehen habe.« Es setzte sich auf seinem Stuhl zurecht, schien kurz zu überlegen und begann dann zu erzählen. Und ich saß mit gespitzten Ohren da, hörte gespannt zu und konnte das alles immer noch nicht recht fassen …

Es wurde bereits dunkel, als Martin mit den Worten endete: »Ja, und da waren wir vier eben wieder zusammen.« Der Pegel der Cognacflasche und die Uhr zeigten inzwischen auf halb neun und das FlühMühKüh duzte mich mittlerweile. Irgendwann zwischen den Kapiteln »Spielzeugfabrik« und »Buchhandlung« hatten wir uns darauf geeinigt. Und ich glaube, dort war es auch, als mir ein verrückter Gedanke durchs leicht benebelte Hirn schoss, den ich jetzt lauthals kundtat: »Was sagt ihr, wenn ich über alles ein Buch schreibe?«

Schlagartig war es totenstill im Zimmer, alle Anwesenden starrten mich an wie ein gerade notgelandetes Marsmännchen.

»Willst du etwa, dass sich Herden von Wissenschaftlern auf den kleinen Kerl hier stürzen? Eine bisher nicht bekannte Intelligenz – darauf lauern diese Typen doch nur, die würden uns die Türen einrennen!« Anne war außer sich. Ich versuchte, sie zu beruhigen.

»Müssen denn solche außergewöhnlichen Geschichten immer von muskelbepackten, herumschießenden Trotteln handeln? Warum soll nicht mal eine Plüschkuh darin die Hauptrolle spielen? Und ich werde es so machen, dass keiner auch nur ahnt, wie ihr heißt und wo ihr wohnt. Eben ein bisschen künstlerische Freiheit!«

»Deine künstlerische Freiheit kennen wir zur Genüge aus der Zeitung«, knurrte Martin. Ein ganz gemeiner Tiefschlag, den er da gegen mich führte. Ich schwieg beleidigt.

Da piepste das FlühMühKüh auf einmal: »Warum denn eigentlich nicht?«

Alle guckten es erstaunt an.

»Ich habe ja die ganzen Dinge erlebt, also lasst mich bitte auch entscheiden. Bonifazius Schwein aus dem Buchladen sowie Marie und Paul, der Abschleppfahrer, würden sicher Augen machen, falls sie das Buch zu Gesicht bekommen. Und es wäre ein tolles Dankeschön für ihre Hilfe, wenn sie darin vorkommen. Also: Warum soll er es nicht versuchen?«

Die gesamte Familie Patzelt sah mich und das FlühMühKüh skeptisch an. Schließlich sagte Cäcilia: »Na gut, einverstanden. Aber du erwähnst weder unsere richtigen Namen noch die der Orte des Geschehens. Versprochen?«

»Logisch, ich schwör's«, sagte ich feierlich.

Und ich habe mein Versprechen gehalten. Daher dürfen in meiner Geschichte solche ganz großen Regionen wie China weiterhin auch China heißen, da dort eine Nachprüfung der Dinge eben der Größe wegen unmöglich oder zumindest sehr schwierig ist. Und ausgerechnet dort, in China, beginnt die Existenz des FlühMühKüh und das zweite Kapitel.

Zweites Kapitel

Tränen haben manchmal auch ihr Gutes

In unmittelbarer Nähe des Hafens einer großen chinesischen Stadt befand sich eine Spielzeugfabrik, ein riesiger, neu gebauter Komplex, der aus mehreren Fertigungs- und Lagerhallen bestand. Dort ließ ein amerikanischer Spielwarenproduzent Plüschtiere herstellen, die dann per Lkw, Flugzeug oder Schiff zu Kunden in aller Welt transportiert wurden. Einige Hundert Arbeiterinnen saßen von früh bis spät an ihren Nähmaschinen und fertigten aus den vor ihnen liegenden Materialien Hunde, Katzen, Pferde oder auch Kühe in verschiedenen Größen und Farben. Je nach Wunsch des Auftraggebers wurden zig Tausende von Elchen gefertigt, denen dann vielleicht genauso viele Giraffen oder Löwen folgten. Auch aus Fernsehen und Kino bekannte Trickfilmfiguren entstanden so aus Plüsch und Stoff. Ließ das Interesse der Kunden an einer Kollektion irgendwann nach, wurde mit viel Werbung eine neue auf den Markt gebracht. Der Konzern beschäftigte extra für diesen Zweck Meinungsforscher, welche überall die Kinder, aber auch Erwachsene befragten, was sie sich denn so wünschen. Schwarze Schimpansen mit gelber Stoffbanane in der Hand waren lange Zeit der Verkaufsschlager, bevor sie von Pandabären abgelöst wurden, die wiederum Nilpferden in Badehose Platz machen mussten.

An diesem frühen Morgen, an dem dieses zweite Kapitel beginnt, waren die Arbeiterinnen mit dem Zusammenfügen der letzten Figuren einer Serie von Plüschkühen beschäftigt. Der große, saalartige Raum war vom Surren der vielen Nähmaschinen erfüllt. Draußen würde es bald hell werden, ein zarter Schimmer der aufgehenden Sonne war bereits hinter den Hochhäusern der Stadt und den steil in den Himmel ragenden Kränen des Hafens zu erahnen.

Eine der Arbeiterinnen war Li Yang, eine junge Frau mit langen schwarzen Haaren. Sie hatte gerade als letzten Arbeitsschritt mit einigen geschickten Stichen das rote, gepunktete Halstuch an einer der Plüschkühe befestigt und stellte ihre Maschine ab. Die Kisten mit den Einzelteilen und Stoffvorräten um sie herum waren leer, bei den meisten anderen Frauen sah es ähnlich aus. Deshalb ordnete der Produktionsleiter eine Pause an, in der neues Material herangeschafft werden sollte. Dann würde die Herstellung einer großen Stückzahl kuschliger Schafe beginnen.

Li Yang setzte die eben fertig gewordene kleine Kuh auf ihre Hand und betrachtete sie eingehend. Die Ohren saßen an der richtigen Stelle, Arme und Beine waren fest und sorgfältig angenäht, auch das Lächeln auf der knollenartigen Schnauze war ihr sehr gut gelungen. Die Fröhlichkeit dieser ganzen Erscheinung wirkte ansteckend, selbst auf die junge Näherin, obwohl ihr der Sinn eigentlich nicht nach Lachen stand. Li machte sich große Sorgen um ihren Mann, der auf einem Frachtschiff um die halbe Welt fuhr. Er hatte sich seit Tagen nicht gemeldet, vom Schiff selbst fehlte jede Spur, wie ihr die Behörden gestern mitgeteilt hatten. Zuletzt war es in einem Seegebiet unterwegs gewesen, das von schweren Orkanen heimgesucht wurde. Die junge Frau wusste nicht mehr, was sie ihren zwei kleinen Kindern zu Hause sagen sollte, wenn diese fragten, wo denn der Vater sei und warum er schon so lange nichts von sich hören ließ.

Der Gedanke daran ließ ihre Augen feucht werden. Versonnen trat sie mit der Plüschkuh auf der Hand an eines der Fenster und schaute zum Hafen hinüber. Eine Träne löste sich, rollte über Li Yangs Wange und fiel der Kuh direkt in das Haarbüschel auf ihrem Kopf. Im gleichen Moment traf der erste gleißende Sonnenstrahl des Tages, der seinen Weg zwischen den Wolkenkratzern hindurch in den Raum fand, auf die von der Träne benetzte Stelle. Sonnenstrahl und Träne verschmolzen in einem kleinen, bunt schimmernden Lichtbogen über dem Kopf der Kuh. Li konnte mit ihrem verschwommenen Blick nicht sehen, was nun geschah:

Allmählich, kaum zu erkennen, begannen die schwarzen Knopfaugen der Kuh mehr und mehr zu glänzen. Obwohl sonst keine offensichtliche Veränderung feststellbar war, fing die Kuh, nahezu unsichtbar, ganz, ganz leicht zu blinzeln an und auch die Ohren richteten sich ein wenig in die Höhe. Eine Art Wunder? Eine Verkettung bisher nicht erforschter physikalischer Vorgänge unter Beachtung der Mondphasen? Keiner weiß es, ich nicht und auch das FlühMühKüh nicht. Dieses wusste nur genau eines: dass es ab diesem Moment die Welt um sich herum wahrnahm, aber noch nichts von alledem begriff, was es umgab.

Dies alles war der jungen Näherin entgangen. Eigentlich wollte Li auch mehr sich selbst trösten und Mut zusprechen, als sie zu der auf ihrer Hand sitzenden Plüschgestalt sagte: »Du sollst den Kindern, die mit dir spielen, den Menschen, bei denen du, kleine Kuh, irgendwann sein wirst, immer Frohsinn und Glück bringen und sie beschützen. Sei ihnen ein treues Maskottchen und ein guter Freund, kleine Kuh!«

Die Kuh hatte alles gehört, aber kein einziges Wort verstanden, nur so etwas wie »Küh, Küh«. Und weil diese Worte ganz eindringlich und langsam dicht vor seiner Schnauze gesprochen worden waren, meinte unser Plüschheld nun, er wäre mit »Küh« gemeint. *Das Küh* – noch nicht »FlühMühKüh«, denn seinen kompletten Namen bekam es erst viel später.

Jetzt, in den ersten Minuten seines Daseins, wagte es jedoch nicht, auch nur einen Mucks von sich zu geben oder sich gar zu bewegen. Ein Instinkt, woher auch immer, ließ es ganz still und starr bleiben, aber die Augen und Ohren waren umso empfänglicher für alles, was um es herum geschah. Es sah die traurige Li, auf deren Hand es saß. Außerdem den großen Raum mit den Fenstern und durch diese hindurch die helle Sonne, die nun endgültig hervorgekommen war und alles in ein warmes Licht hüllte. Es sah sein Spiegelbild im Fenster – eine kleine, gefleckte Gestalt mit abstehenden Ohren, braunen Pfoten und einem lustigen Halstuch. Es hörte das Gekicher und Geschnatter der Arbeiterinnen, die ihre Pause nutzten, um lautstark Neuigkeiten auszutauschen. Auch das Gedudel chinesischer Schlager aus einem Radio drang in sein Ohr.

Das Küh nahm dies alles wahr, aber es hatte noch keinerlei Erfahrungen mit dem, was es denn da eigentlich sah und hörte. Doch seine Augen leuchteten, und es lächelte Li an, sodass die junge Frau aufhörte zu weinen. Sie setzte das Küh vorsichtig in die bis oben hin mit vielen anderen Plüschkühen gefüllte Kiste, wünschte »Gute Reise« und stellte sie auf ein Transportband, das in die Versandabteilung führte, wegen der Pause aber momentan stillstand.

In diesem Augenblick verkündete der Sprecher der Nachrichten im Radio: »Wie uns das Seefahrtsministerium gerade mitteilt, ist das chinesische Frachtschiff Seedrachen 2 bei schwerem Sturm gesunken. Alle Besatzungsmitglieder konnten von einem in der Nähe befindlichen Frachter gerettet werden und sind wohlauf. Sie befinden sich zurzeit auf dem Weg in die Heimat.«

Dem Aufschrei der Näherin Li Yang folgte ein Riesentumult, alle Arbeiterinnen umringten die nun vor Erleichterung schluchzende Frau und freuten sich mit ihr.

Das Küh blinzelte unauffällig aus seiner Kiste heraus in alle Richtungen. Als es sich davon überzeugt hatte, dass ihm keiner der Anwesenden Beachtung schenkte, stemmte es sich auf seine Hinterpfoten hoch und schaute sich sehr, sehr vorsichtig um. Dann ließ es sich über den Kistenrand hinunterplumpsen. Unerfahren in solchen gewagten Aktionen, landete es auf allen vieren und der vorstehenden Knollenschnauze. Es richtete sich wieder auf, ein kurzes Schütteln, dann trippelte es auf dem langen Tisch unbemerkt weiter zwischen den Nähmaschinen hindurch, dorthin, wo es vorhin auf der Hand von Li gesessen hatte – zum Fenster. Denn der kurze Blick nach draußen hatte gereicht, um in dem kleinen Küh eine ungeheure Sehnsucht zu wecken, die es niemals mehr verlassen würde. Es wollte sich alles ganz genau ansehen, aus nächster Nähe: die Stadt im Morgensonnenlicht, in der jetzt schon Massen von Autos und Menschen umhersausten, den Hafen mit seinen Schiffen und Kränen und das glitzernde Etwas am Horizont, von dem es noch nicht wusste, dass es das Meer war. Doch das kleine Küh hatte noch keine Ahnung davon, wie riesig und zuweilen gefährlich viele Dinge in unserer Welt sein können, wenn man ihnen zu nahe kommt.

Am Fenster angekommen, musste es jedoch feststellen, dass es dort nicht weiterging. Es knallte mehrmals heftig gegen die Scheibe, aber Glas gibt nun mal nicht nach, wenn eine Plüschnase dagegenklopft.

Und völlig unvermutet war da plötzlich diese kräftige Hand, die das kleine Küh hinterrücks packte und wegtrug, zurück in Richtung Kiste. Der Produktionsleiter, dem die Hand gehörte, wollte den Näherinnen eigentlich nur verkünden, dass die Pause für die Umstellung der Maschinen beendet sei und die Arbeit nun weitergehe. Dabei hatte er das Küh entdeckt, von dem er annahm, dass jemand vergessen hatte, es in den Karton zu legen. Empört über diesen Akt der willkürlichen Freiheitsberaubung, ließ das Küh mit seinem ungeübten Stimmchen ein trotziges leises »Müüüh!« hören. Hand samt Produktionsleiter zuckten zusammen.

»Wieso wurden in die letzten Serien denn Tierstimmenimitate eingebaut? Und warum erfahre ich immer als Letzter davon?«, herrschte er die erstbeste Arbeiterin an, die ihm im Wege stand. Griesgrämig legte er das Küh obenauf in den Karton, schaltete das Transportband wieder an und sah dem davonrollenden Behältnis so lange nach, bis es durch eine Öffnung in der Wand fuhr und in der benachbarten Versandabteilung verschwand.

Drittes Kapitel

Eine unfreiwillige Reise

Es gibt zahlreiche Arten, eine Reise zu unternehmen. Auf die Urlaubs- oder Ferienreise zum Beispiel freut sich jeder. Viele Leute planen sehr lange im Voraus jedes Detail, um möglichst keine Unannehmlichkeiten während der schönsten Zeit des Jahres in Kauf nehmen zu müssen. Dienstreisen dagegen ergeben sich teilweise von heute auf morgen, man reist dann eigentlich nur, um schnell geschäftliche Angelegenheiten zu erledigen. Erholsam sind sie in den seltensten Fällen, vor lauter Stress und Hektik bekommt der dienstreisende Mensch mitunter gar nicht mit, an was für schönen Landschaften und Sehenswürdigkeiten er mit seinem Auto vorbeirast. Manchmal kann er sich nicht einmal erinnern, an welchem Ort er überhaupt war.

Das Küh fragte leider keiner, wie, wann und wohin es denn zu reisen wünsche. Die allererste Reise seines Daseins begann in der Versandabteilung der Spielzeugfirma, man nannte es dort »Verschicken«. Ein Arbeiter schnappte sich die Kiste, in der unser Küh gerade noch gestanden und aus der es herausgeschaut hatte, um etwas Neues zu entdecken. Es wurde ziemlich grob nach unten gedrückt, der Deckel wurde über ihm geschlossen und der Karton zugeklebt. Man brachte einen Zettel mit Angaben über Inhalt und Stückzahl an, außerdem die Adresse des Empfängers der Sendung mit dem Namen des Bestimmungslandes: »Austria«. Den Karton stapelte man zu vielen anderen auf eine Palette, die nach draußen in den Beladehof gefahren und in einen schon bereitstehenden großen Container verfrachtet wurde. Mit einem Lkw ging es kurz darauf in den Hafen, der gleich in der Nähe der Fabrik lag.

Dem armen Küh wurde himmelangst in seinem Zwangsquartier. Zwar hatte es noch Glück gehabt, da es ja ganz oben in dem Karton lag und auch noch ein wenig Platz zum Deckel hin war. Aber es wurde hin und her geworfen, alles um es herum krachte, klapperte, quietschte mehr oder weniger laut. Und das Schlimmste war: Es hatte keine Ahnung, was denn da draußen vor sich ging und woher diese neuartigen, beängstigenden Geräusche kamen.

Schließlich gab es einen letzten derben Schlag, als der Container im Hafen abgeladen wurde, dann war es ruhig. Nein, »ruhig« ist der falsche Ausdruck, denn das Brummen der vorbeifahrenden Lastwagen, das Heulen der Schiffssirenen, der ganze Lärm des pulsierenden Hafenlebens drang zwar gedämpft, aber immer noch deutlich hörbar an die Ohren des Küh.

Das hatte inzwischen eine neue Eigenschaft an sich festgestellt: Es konnte seine Umgebung trotz der Dunkelheit recht gut wahrnehmen. Und diese bestand momentan aus Pappwänden und etwa hundert weiteren Plüschkühen. Und da fiel ihm noch etwas anderes auf: Die Mitglieder seiner Reisegesellschaft lagen still und unbeweglich da, ineinandergepresst, völlig unbeteiligt und ihrem Schicksal ergeben. Alle sahen sich auf den ersten Blick zum Verwechseln ähnlich, hatten schwarze Knopfaugen und abstehende Ohren sowie rote Halstücher mit Punkten. Lediglich das Muster der braunen Flecken auf ihrem Fell war unterschiedlich.

Das Küh versuchte, die anderen mit einem für seine Verhältnisse sehr lauten »Müüüh!« zu wecken. Keine Reaktion. Es zog mühsam die ihm am nächsten liegende Kuh zu sich heran, setzte sie vor sich hin und schüttelte sie leicht. Fehlanzeige. Die andere Kuh blickte stur geradeaus ins Nichts. Das Küh versetzte seinem Gegenüber einen kräftigen Stoß. Das fiel darauf einfach um und blieb reglos auf dem Rücken liegen, die Schnauze nach oben.

Allmählich dämmerte unserem Küh, dass mit den anderen etwas nicht stimmen konnte. Oder war es am Ende etwa selbst dasjenige, das völlig anders geraten war? Da begannen zwei Gefühle von unserem Helden Besitz zu ergreifen, die vollkommen neu und ungewohnt waren: Einsamkeit und Traurigkeit. In einem Anflug von Freiheitsdrang stellte es sich auf seine Hinterpfoten und versuchte angestrengt, den Deckel hochzustemmen. Aber der war mit einem Plastikband fest verschlossen und rührte sich nicht. Und selbst wenn es dem Küh gelungen wäre, aus der Kiste herauszukommen, den verriegelten Container hätte es nie und nimmer mit seinen geringen Kräften öffnen können.

Aber es wollte doch alles, was es da draußen gab, genauestens und aus nächster Nähe erkunden! Die Dinge, die es beim Blick aus dem Fenster der Näherei gesehen hatte. Es wollte wissen, woher die Geräusche kamen und wer oder was sie verursachten. Es wollte so vieles sehen und erleben. Nein, stattdessen hockte es in diesem düsteren Etwas inmitten von Artgenossen, die ihm jedoch nur äußerlich ähnelten und leblos dalagen.

Von außen näherte sich neuer Lärm, plötzlich wurde

das Küh wie von einer Riesenhand nach oben gerissen. Es verlor das Gleichgewicht und knallte gegen eine Kartonwand, wo es liegen blieb.

Ein Kran hatte den Container angehoben und auf ein Schiff verladen, in die oberste Etage der an Deck aufgetürmten anderen Container. Die Beladung des Frachters war kurz darauf abgeschlossen, das Ablegemanöver folgte, und die Schiffsmaschine begann, angestrengt zu arbeiten. Hätte das Küh dies alles mit eigenen Augen sehen können, es wäre vor Staunen erstarrt. Aber es saß in seinem Pappgefängnis, spürte nur das Schaukeln, das Auf und Nieder des Schiffes auf den Wellen, das monotone Stampfen und Vibrieren der Maschine. Es hatte bald keine Ahnung mehr, wie viel Zeit inzwischen vergangen war, seit es auf der Hand der Näherin Li gesessen und aus dem Fenster gesehen hatte.

Das Küh hockte einfach nur teilnahmslos da, ohne Hoffnung, jemals aus der Kiste herauszukommen, in der es nun seit – ja, wie lange eigentlich? – schon war. Sein Lächeln war verschwunden, bei dem selbst der traurigen Li Yang fröhlich ums Herz geworden war. Kein Blinzeln, kein Glanz mehr in den Augen, auch die Ohren schienen herabzuhängen. Zäh und eintönig flossen die Stunden dahin, es wurde Nacht, dann wieder Tag, ohne dass es der kleine Reisende inmitten seiner stummen Plüschkuhverwandtschaft bemerkte.

Irgendwann nach langer, sehr langer Zeit wurden die Geräusche der Maschine leiser und verstummten endgültig. Das Küh registrierte das nicht mehr, selbst den Ruck beim Verladen des Containers auf einen Lkw nahm es kaum wahr. Auch nicht, dass seine Kiste wenig später in einer Spedition in einen Lieferwagen umgepackt wurde. Es folgte abermals das Brummen eines Motors, außerdem ein Schaukeln, welches dem Küh nur im allertiefsten Unterbewusstsein irgendwie anders erschien als das, was es eine scheinbare Ewigkeit lang gespürt hatte.

Mit einem Quietschen hielt der Lieferwagen schließlich an. Das Küh wurde wieder einmal herumgeschleudert, als der Karton ziemlich derb abgesetzt wurde, aber es hatte keine Kraft mehr, sich dagegen zu wehren. Doch plötzlich richteten sich seine Ohren wieder auf: Es hatte Stimmen gehört, zwar andere als damals in der Fabrik, aber ganz, ganz nahe. Jemand hantierte am Deckel, dann fiel grelles Licht auf das Küh. Es blinzelte überrascht, konnte jedoch nach der langen Zeit in der Finsternis nichts erkennen. Und in diesem Moment sagte eine Frauenstimme in einer dem Küh unverständlichen Sprache: »Ja, um Gottes willen, was sollen wir denn damit?«

Viertes Kapitel

Willkommen in Tirol

Sicherlich war das nicht gerade die netteste Form, jemandem Guten Tag zu sagen, der wochenlang in einem Schiffscontainer ausharren musste, eingesperrt ohne Sonnenlicht, nur sich selbst überlassen. Doch dem Küh war dieser Willkommensgruß herzlich egal, denn schlimmer konnte es nicht mehr werden. Hauptsache, es kam endlich aus seinem Gefängnis heraus. Die unwürdige Behandlung in der Versandabteilung der Spielzeugfabrik hatte es aber enorm vorsichtig werden lassen, die neu gewonnene Freiheit wieder aufs Spiel zu setzen. Darum machte es sich so steif, wie das eine Plüschkuh nun mal kann, und schielte unauffällig nach allen Seiten.

Die Person, die eben die Begrüßungsworte gesprochen hatte und nun das Küh aus seiner Kiste nahm und betrachtete, war eine sehr kräftige Frau mittleren Alters mit einer hellen Haarfarbe, von der das Küh erst später erfahren sollte, dass sie als »blond« bezeichnet wird. Ihre Stimme erinnerte das Küh an das Kreischen von Möwen, die es im Hafen gehört hatte. Sie war über irgendetwas sehr empört, und ihr ganzer Zorn richtete sich gegen den armen Lieferwagenfahrer, der als Blitzableiter herhalten musste: »Ja, was glauben denn die Herren Einkäufer in der Zentrale! Was sollen wir denn schon wieder mit hundert Plüschkühen?«, herrschte sie ihn an. Die Frau war es scheinbar gewöhnt, Anordnungen zu treffen. Sie war Filialleiterin in einem Laden – einem Buchladen. Und der befand sich in Österreich, genauer gesagt, in Tirol. Dorthin hatte man die Kiste mit dem plüschigen Inhalt verfrachtet. Und das Küh konnte deshalb nichts verstehen, weil alle Anwesenden deutsch sprachen – noch dazu mit Tiroler Dialekt.

Der Fahrer zuckte zusammen und wurde neben der massigen Gestalt der Filialleiterin immer kleiner.

»Von der letzten Lieferung vor einem halben Jahr sind noch zwanzig Stück da. Wer soll denn die hier verkaufen?«, schimpfte die Dicke weiter. »Wann begreifen die Herren denn endlich, dass wir kein Spielwarengeschäft, sondern eine Buchhandlung sind, nicht wahr, Teresa?«, wandte sie sich an eine jüngere Frau, die neben ihr stand. Die Angesprochene war die dritte Person, die das Küh im Raum sah. Sie hatte einen lustigen Pferdeschwanz und war von Statur und Gestalt her das ganze Gegenteil der Filialleiterin. Ein wenig erinnerte sie das Küh an die Näherin Li.

Teresa wagte nicht, ihrer streitsüchtigen Chefin zu widersprechen. Zumindest nicht vollständig. Vorsichtig meinte sie: »Na ja, Klara, sehen Sie mal, in zwei Monaten ist Weihnachten. Da kommen viel mehr Kunden herein, das Geschäft läuft dann bestimmt besser. Und da nimmt der eine oder andere vielleicht außer einem Buch auch so eine Plüschkuh mit. Wissen Sie was, wir behalten die hier«, und damit nahm sie ihr das Küh aus der Hand, »und noch zehn andere, und der Rest geht zurück.«

Ihre füllige Chefin stimmte zu, wenn auch widerwillig. Der Fahrer wollte protestieren, dass er wieder Ärger im Auslieferungslager bekommen würde, wenn er mit den übrigen Kühen zurückkäme, aber gegen Klara hatte er nicht die Spur einer Chance. Die zehn Auserwählten durften die Kiste verlassen, die Restlichen mussten die Rückfahrt im Lieferwagen antreten. Die neu Eingetroffenen bekamen ein kleines Preisschild an einer Vorderpfote befestigt, dann wurden sie im Laden verteilt. Klara und Teresa zogen sich in einen Nebenraum zurück, wo sie noch Ware auspackten und Kaffee tranken, bevor das Geschäft geöffnet wurde.

Unser Küh hatte einen Platz auf der Ladentheke erhalten, gleich neben der Registrierkasse. Neben einem Stapel dicker Bücher, der treppenartig vom Fußboden in die Höhe wuchs, saß es da und schaute und staunte. Bisher kannte es ja nur den Nähsaal, wo es hergestellt worden war, und seine Transportkiste. Und nach der langen Zeit in dieser kam ihm die Buchhandlung ungeheuer groß, geradezu riesig vor. Jetzt, da kein Mensch in der Nähe war, konnte es seine neue Umgebung eingehender betrachten. Da war in zahlreichen Regalen eine Masse von Büchern untergebracht. Und Bücher hatte das kleine Küh noch nie gesehen und wusste weder, wozu sie da waren, noch, was man mit ihnen machte. Aber allein schon die bunten Farben der Einbände entzückten es. Nach der Eintönigkeit im Karton war das eine Wohltat für die kleinen Knopfaugen, die nun wieder strahlten und glänzten. Seinem Sitzplatz gegenüber befanden sich die Schaufenster der Buchhandlung, und durch diese sah das Küh Dinge, die es schon vom Fenster der Spielzeugfabrik her kannte: Lastwagen und Busse, Personenwagen und Motorräder fuhren draußen auf der breiten Straße ganz nahe am Fenster vorbei. Menschen hasteten auf dem Gehweg dahin.

Dann tauchten die beiden Frauen aus dem Hinterzimmer des Ladens wieder auf, die Eingangstür wurde aufgeschlossen und die ersten Kunden betraten das Geschäft.

So unauffällig wie möglich versuchte das Küh, aus den Augenwinkeln heraus zu erkennen, was neben ihm so vor sich ging. Die Leute nahmen meistens eines der bunten Dinger aus dem Regal oder vom Stapel, klappten es auf und starrten eine Weile hinein. Die einen länger, die anderen kürzer. Das Küh fragte sich, was denn in diesen Kästchen wohl sein könnte. Manche stellten das bunte Ding schnell zurück und nahmen ein anderes zur Hand, einige setzten sich damit auf das Ledersofa schräg hinter der Ladentheke, sodass nicht richtig zu erkennen war, was sie dort eigentlich machten. Dann kam ein Mann mit so einem bunten Kasten in der Hand an die Kasse, legte ihn neben dem Küh auf den Tisch und zog aus seiner Tasche eine Art Zettel. Die dicke Frau nahm den Zettel, drückte auf ein paar Knöpfe vor sich, es machte »Ring!« und »Schepper!«, eine Schublade flog auf und der Zettel wurde hineingelegt. Die Verkäuferin entnahm der Schublade einige glänzende runde Scheiben, steckte das bunte Kästchen in eine Hülle, die komisch raschelte, gab alles dem Mann und sagte etwas zu ihm. Der Mann nahm die Dinge und verließ das Geschäft.

Die Neugier des Küh kannte nun keine Grenzen mehr. Was sahen sich die Menschen hier an, was befand sich in den bunten Kästen, in die sie schauten und welche hier teilweise bis unter die Decke aufgetürmt waren? Was gaben sie der dicken oder der kleinen Frau? Dieser Vorgang lief immer gleichartig ab, bis auf einmal. Da stand eine Frau an der Ladentheke, sah auf das Küh und nahm es unentschlossen in die Hand. Sie betrachtete es eingehend, sagte dann »Ach, nein« und setzte es wieder auf seinen alten Platz zurück.

Sehr merkwürdig, dachte sich das Küh. Dann wieder dasselbe Spiel: Zettel gegen Kästchen in eine Hülle, vorher »Ring – Schepper«, und die Frau verließ den Laden, nachdem sie ihre glänzenden Scheiben eingesteckt hatte.

Wenn mir das hier doch einer erklären könnte, das hier und überhaupt alles, was so um mich herum passiert, grübelte unser Plüschheld. Aber es verstand ja nicht einmal, über was die Menschen miteinander sprachen. Eine äußerst verzwickte Situation für ein wissbegieriges kleines Küh. Sollte es zeigen, dass es anders war als seine Artgenossen, die irgendwo im Raum verteilt waren? Doch vielleicht war man hier nur willenlose, unselbstständige Plüschtiere gewöhnt, und das Küh würde sofort wieder in einen Karton gesteckt werden, wenn es herumhopsen und entdeckt würde. Und wer verstand hier überhaupt sein fragendes »Müüüh«?

Bei seinen Beobachtungen und der ganzen Grübelei war dem Küh entgangen, das es inzwischen Abend geworden war. Die kleine Verkäuferin Teresa schloss schließlich, nachdem der letzte Kunde gegangen war, die Ladentür ab und verließ zusammen mit der dicken Chefin das Geschäft durch eine Tür im Hinterzimmer. Draußen war es bereits dunkel, ein dämmriges Licht erhellte nur spärlich die Buchhandlung.

Jetzt könnte man eigentlich auf eine Erkundungstour gehen, dachte sich das Küh, als es allein war. Es stand auf, schüttelte ein wenig seine Vorder- und Hinterpfoten, entledigte sich des störenden Preisschildes und begann, an dem neben der Ladentheke aufgestellten Bücherstapel nach unten zu klettern. Auf dem Boden angekommen, trippelte es, sich nach allen Seiten interessiert umschauend, in den hinteren Teil des Raumes, den es bisher noch nicht hatte einsehen können. Neben einem weiteren Sofa schraubte sich eine Wendeltreppe in die Höhe, welche in die obere Etage des Ladens führte. Und dort, auf einer der unteren Holzstufen, saß etwas, dessen Anblick unser Küh derartig überraschte, dass es wie vom Donner gerührt stehen blieb.

Es war eine Plüschfigur, zweifellos. Und sie hatte etwa seine Größe. Aber das war auch schon alles an Gemeinsamkeiten. Die Ohren bei dem da waren spitz, der Kopf rund, und er hatte eine kurze Schnauze oder Nase, die mit der knollenartigen des Kühs nun überhaupt keine Ähnlichkeit hatte. Und er hatte eine völlig andere Farbe, hell und ohne irgendwelche Flecken. Dazu einen Schwanz, der sich kringelte. Das Küh war starr vor Erstaunen. Bisher kannte es aus der Fabrik und aus seinem Transportbehältnis nur Plüschtiere, die so aussahen wie es selbst. Aber das war noch nicht alles. Unvermutet sprang der andere auf, raste mit einer unverschämten Geschwindigkeit auf das arme Küh los, bremste vor ihm scharf ab, umarmte es und rief mit einer fröhlich grunzenden Stimme: »Ich wusste, dass es noch mehr gibt! Ich wusste es!«

Dem Küh wurden die ohnehin schon weichen Hinterpfoten noch weicher, es verlor das Gleichgewicht und plumpste nach hinten über.

Fünftes Kapitel

Ein Schwein für alle Fälle

Da lag nun das Küh auf dem Teppichboden der Buchhandlung und verstand die ohnehin komplizierte Welt um sich herum überhaupt nicht mehr. Das plötzliche Erscheinen des anderen Plüschdingsda sowie dessen stürmische Begrüßung waren einfach zu umwerfend gewesen. Und vorsichtshalber blieb es erst einmal liegen. Man konnte ja nicht wissen, was der da im Schilde führte. Unser Held besann sich also seiner bewährten Taktik und rührte sich nicht.

Diesmal allerdings klappte es nicht. Über dem Küh erschien das fröhliche runde Gesicht mit den dreieckigen Ohren und der stumpfen Schnauze, die aussah, als hätte der Besitzer derselbigen schon öfter heftigen Kontakt mit festen Gegenständen gehabt. Seine Vollbremsung vor dem Küh soeben schien den Verdacht zu bestätigen, dass diese Übung anscheinend nicht immer gelang.

Die Gestalt beugte sich hinunter, nahm eine Pfote des Kühs und sagte: »Tut mir leid, Kuh, aber das ist schon ein Kracher, dass ausgerechnet hier in *meinem* Buchladen einer von unserer Familie auftaucht, der genauso aus der Art geschlagen ist wie ich! Sozusagen ganz nahe Verwandtschaft!«

Das Küh ließ sich von ihm, wenn auch etwas zögernd, auf die Beine helfen, weil es inzwischen glaubte, dass von dem da höchstwahrscheinlich keine Gefahr drohte. Von dem Gegrunze seines Gegenübers hatte es natürlich keine Silbe verstanden. Das schien der jedoch nicht bemerkt zu haben. Er deutete das Schweigen des Kühs völlig anders, denn er verkündete: »Ach so, na klar, wo ist denn mein Benehmen? Ich habe mich ja noch gar nicht vorgestellt: Schwein. Bonifazius Schwein. Aber Bonifazius genügt vollkommen!«, und klopfte sich dabei bekräftigend auf das runde Bäuchlein.

Die Gedanken des Kühs liefen jetzt Galopp und drohten sich selbst zu überrunden. Also: Der da hatte mehrmals ein und dasselbe Wort verwendet – »Schwein« – und mit diesem seltsamen Begriff wahrscheinlich sich selbst gemeint. Dem Küh fiel ein, dass Li Yang bei seiner vermeintlichen Namensgebung in der Spielzeugfabrik ebenfalls das Wort »Küh« mehrmals und langsam wiederholt und das Küh dabei gleichzeitig sehr aufmerksam betrachtet hatte. Aber was sollte das arme Küh, welches ja nicht unhöflich zum – »Schwein?!« – sein wollte, darauf erwidern? Bisher hatte es niemanden getroffen, der ihm gezeigt hätte, wie man spricht. Nur sein scheinbar von Anfang an vorhandenes »Müh« konnte es klar und deutlich von sich geben, denn seinen Namen hatte es vor lauter Langeweile in seiner Kiste vor sich hin geplappert. Vielleicht würden einige von den Sprachfetzen, die das Küh den Tag über an der Kasse aufgeschnappt hatte, reichen, um eine erste Konversation zu führen. Genau, das wars! Und schon mühte es los: »Bütte eine Tüüüte! Auf Wüüüdersähn! Rüüüng, Schöpppr! Müühküüh!«

Das Schwein ging bei dieser Ansprache vorsichtig ein paar Schritte zurück, legte den Kopf ein wenig auf die Seite und sah das Küh mit einer Mischung aus Neugier und Verwunderung an, fast so, wie ein Arzt seinen Patienten begutachtet.

»Hm, der Aufprall vorhin kann doch unmöglich so hart gewesen sein, dass man nur noch so ein wirres Zeug redet«, murmelte es und schaute das Küh dabei sehr besorgt an. »Eigentlich sind wir doch vom Werk aus gut gepolstert, da kann doch der kleine Schubser auf keinen Fall so verheerende Folgen haben!«

Dem Küh fiel daraufhin nichts Besseres ein, als eine aus seiner Sicht weitere geistreiche Bemerkung fallen zu lassen: »Büss bald! Pfüüütie!« Die Art der Tiroler, jemandem mit »Pfüati!« Auf Wiedersehen zu sagen, hatte es dem Küh besonders angetan.

Eben hatte das Schwein noch nachfragen wollen, wohin das Küh jetzt wohl gehe, weil es sich schon wieder verabschiedete, doch da ging ihm ein Licht von der Größe eines Kronleuchters auf: »Sag mal, Kuh, du verstehst kein Wort von dem, was du da redest, nicht wahr? Und von dem, was die Menschen und ich so sprechen, auch nicht. Na klar, woher solltest du das auch können! Du kommst ja schließlich vom anderen Ende der Welt. So wie ich damals. Und bei mir war es ganz ähnlich. Wenn ich meine Marie nicht gehabt hätte … Ach, was rede ich. Das Wichtigste für uns ist, dass man die Menschen versteht, die um uns herum sind, und dass man sich auch mal selbst zu Wort melden kann. Also: Schau mir auf den Rüssel und sprich mir nach: ›Ich bin das Schwein‹.« Mit diesen Worten klopfte es sich mit der Pfote auf den Bauch und sah das Küh aufmunternd an: »Na los, du musst nachsprechen: Schwein!«

Das Küh hatte die Gesten seines Gegenübers verstanden, die runde Knollenschnauze wurde noch runder, als es angestrengt hervorbrachte: »Tschschw…, Tschtschtschw…!« Das Geräusch klang wie eine Dampflok, deren Kessel kurz vor dem Bersten war, und das Schwein nahm volle Deckung hinter dem Sofa, da es glaubte, die Explosion stünde unmittelbar bevor. Doch da entfuhr der Knollenschnauze ein »Schschwein!«.

Hocherfreut tauchte Bonifazius Schwein wieder auf und grunzte anerkennend: »Na also, es wird doch! Bei mir hat das wesentlich länger gedauert.« Dann kam ihm eine Idee: »Wir haben bis morgen früh jede Menge Zeit zum Üben. Nachts stört uns hier keiner. Und ich will nicht mehr Bonifazius Schwein heißen, wenn du dann nicht wenigstens die allerwichtigsten Vokabeln beherrschst!«

Als am nächsten Morgen die Zeit der Ladenöffnung näher rückte, konnte das Küh bereits viel, viel mehr sagen. Es hatte sich als Naturtalent erwiesen, dem das Schwein ein Wort oft nur ein- oder zweimal vorsprechen brauchte, und schon hatte das Küh es verstanden. Reichten die Gesten des Schweins nicht aus, dem Wort die entsprechende Sache zuzuordnen oder es vorstellbar zu erklären, raste es zwischen den Büchern hin und her, holte ächzend einige hervor und zeigte seinem Schüler auf Bildern, was denn zum Beispiel mit »Haus« oder »Blume« gemeint war. Dinge, die es im Buchladen gab, wurden natürlich am vorhandenen Objekt erklärt. So lernte das Küh ganz nebenbei, dass es sich bei den Büchern nicht um schöne bunte Kästchen handelte, in denen etwas lag. Allerdings mussten vorerst Bilder und Zeichnungen reichen, den Wissensdurst des Küh zu stillen. Mit der Schrift konnte es noch nichts anfangen, das waren in seinen Augen alles nur Striche und Kreise. Aber das Schwein vertröstete es: »Das mit dem Lesen kommt später, zuerst muss das Sprechen und Verstehen klappen.«

Bonifazius Schwein entpuppte sich als überaus geduldiger Lehrer, bei dem das Küh unheimlich schnell lernte. Mit einigen sprachlichen Eigenheiten brachte es seinen Lehrmeister aber an den Rand der Verzweiflung. So wollte es nicht einsehen, warum es sich plötzlich »Kuh« nennen sollte, und bekräftigte dies mehrmals mit einem trotzigen »Müüüh!«, bis schließlich das Schwein entnervt grunzte: »Na, dann nenne dich von mir aus ›MühKüh‹, wenn dir das besser gefällt!«

Die andere Sache war das Aussprechen des »I«. Jedes Mal spitzte das Küh die Schnauze und flötete statt »Kissen« eben »Küssen«, was dem Wort einen völlig anderen Sünn – äh, Sinn gab. Zum Schluss kapitulierte das Schwein vor dieser Marotte. »Da scheint etwas bei der Herstellung schiefgegangen zu sein!«, murmelte es leise vor sich hin.

Irgendwann fiel der Blick des Schweins auf die große Uhr im Laden und es rief erschrocken: »Bei meinem Rüssel, in einer halben Stunde kommen die dicke Klara und Teresa! Los, MühKüh, wir müssen noch unsere Doppelgänger platzieren.«

Dem Küh stand das Fragezeichen deutlich sichtbar über seinem Haarbüschel geschrieben.

»Ach ja«, seufzte das Schwein, »das habe ich dir ja noch gar nicht erklärt: Weißt du, mir gefällt es hier eigentlich recht gut. Ich habe meine Bücher und die Marie kommt ab und zu vorbei und liest mit mir. Deshalb möchte ich nicht, dass mich jemand kauft und mitnimmt. Und darum habe ich einen Stellvertreter, den ich tagsüber, wenn hier im Geschäft Menschen sind, an meinen Platz setze. Du willst doch sicher auch hier bleiben, immerhin musst du ja noch lesen lernen und vieles andere über die Welt da draußen erfahren. Also kommt auf die Ladentheke die Ersatzkuh und auf die Treppenstufe das Zwillingsschwein.«

Das Küh hatte jetzt zwar verstanden, was das Schwein vorhatte, der eigentliche Sinn dieser Aktion erschloss sich ihm jedoch nicht. Warum wollte das Schwein nicht gekauft werden? Was bedeutete überhaupt »etwas kaufen«? Und wieso wollte es nicht aus diesem Buchladen hinaus in die große Welt, von der es doch anscheinend so viel wusste?

Zum Grübeln blieb jetzt aber keine Zeit. Zusammen wuchteten sie eine der Plüschkühe aus einem Regal nach oben auf den Ladentresen. Dann raste das Schwein zum Sofa und zerrte darunter seinen Zwilling hervor. »Da liegen noch zwei als Reserve, falls doch mal ein Kunde eins haben will. Aber das letzte Mal ist das vor ein paar Monaten passiert. Wir sind eben echte Ladenhüter«, meinte es schnaufend. »So, und jetzt ab in die obere Etage, in mein Versteck!«, rief Bonifazius Schwein, nachdem auch sein Vertreter den vorgesehenen Platz auf der Treppe eingenommen hatte.

Küh und Schwein kletterten hinauf in die Abteilungen *Hobby, Technik & Verkehr, Garten & Haustiere* und *Kinder- und Jugendliteratur*, wo das Schwein auf einen kaum sichtbaren Spalt zwischen zwei Regalen zulief. Durch den zwängte es sich hindurch und zog das Küh hinterher. Das glaubte, seinen Augen nicht zu trauen: Der Raum zwischen Regal und Wand, nicht einsehbar für Kundschaft und Personal, war angefüllt mit einem Sammelsurium von Büchern. Alles war vertreten: Bildbände über ferne Länder, Kriminalromane, Kinderliteratur, Reparaturanleitungen für Autos und selbst ein *Nachschlagewerk für den Heimelektriker*. Das Küh bekam angesichts dieser Masse geballten Wissens seine Knollenschnauze nicht mehr zu. Ein lang gezogenes »Ooooooh!« entfuhr ihm schließlich.

»Sag – sag mal, Bonifazius, äh – wie, nein – wo, wo hast du her die vüüühlen Büüüücher???« Die richtige Anordnung der Wörter im Satz gelang dem Küh noch nicht hundertprozentig, aber man sollte bedenken: Vor einem Tag, als es aus seinem Karton herausgeholt worden war, hatte es noch keinen anderen Laut außer »Müüüh« von sich gegeben. Hocherfreut darüber, sich endlich mit jemandem verständigen zu können, nutzte es die neu erworbene Fähigkeit unermüdlich aus. Das arme Schwein wurde mit Fragen regelrecht bombardiert: »Und – wer ist Marie? Und, und seit – wann? – hm – wie lange bist du denn schon hüüür? Und warum, wieso denn heißt du Bonifazius? Und, und, und …?«

»Stopp, aus, Sendepause fürs Küh!«, unterbrach es das Schwein leicht genervt. »Ich will dir ja deine Fragen beantworten, aber dann müsstest du mich auch mal zu Wort kommen lassen.« Er begann zu erklären: »Also, die Bücher hier sind sogenannte Leseexemplare, darin können die Leute blättern und feststellen, ob der Inhalt ihnen gefällt oder nicht. Wenn die Bücher dann unansehnlich geworden sind vom vielen In-die-Hand-Nehmen werden sie ausgesondert und in die Zentrale zurückgeschickt. Aus diesem Haufen stelle ich mir immer ein paar nette Sachen sicher. Ja, und Marie wirst du heute Nachmittag kennenlernen, da holt sie ihre Mutter, das ist die kleine Verkäuferin, von der Arbeit ab. Marie hat mich damals, vor über einem Jahr, beobachtet, wie ich mal unvorsichtigerweise im Laden umhergelaufen bin. Ab da wusste sie Bescheid. Aber sie hat mich nicht verraten, sondern sich viele Bücher mit mir angesehen und mir vorgelesen. Fast alles, was du jetzt von mir lernst, hat sie mir beigebracht. Meinen Namen verdanke ich auch ihr. Wir sind hier nämlich in der Buchhandlung St. Bonifazius. Tja, und hier hat sie mich nun mal entdeckt.«

Unten war jetzt zu hören, wie jemand die Ladentür aufschloss und die ersten Kunden das Geschäft betraten. Das Schwein legte die Pfote an die Schnauze und machte »Pscht!«, dann wisperte es mahnend: »Wir sollten etwas leiser sein. Man weiß nicht, wie die Menschen reagieren, wenn sie uns hier hinten in unserer Leseecke finden. Also: Ruhe jetzt!«, und schob dem Küh einen abgewetzten Bildband zu. »Hier, vielleicht interessiert dich das ja. Kaum Schrift, dafür viele tolle Fotos. Aber nicht so laut mit den Seiten rascheln!« Bonifazius vertiefte sich seinerseits in einen Kriminalroman, um endlich zu erfahren, wer der Mörder des Schäfers einer irischen Schafsherde war.

Das Küh hatte sehr, sehr vorsichtig begonnen, in dem Bildband zu blättern. Mit immer größer werdenden Augen sah es schneebedeckte Berggipfel, große Hotels mit Reisebussen davor, sonnige Palmenstrände – und das blaue Meer mit seinen schaumigen Wellenkronen. Und da war sie wieder, die Sehnsucht, all diese Dinge selbst aus der Nähe und mit eigenen Augen zu sehen, zu erschnüffeln, mit den eigenen braunen Pfoten anzufassen.

Freilich, die Buchhandlung war eindeutig der bisher schönste Ort im noch kurzen Dasein des Kühs. Aber vor der Schaufensterscheibe gab es eine Welt, die entdeckt und erforscht werden musste. Das war sein Ziel, und nun, da unser Küh den scheinbar allwissenden und erfahrenen Bonifazius Schwein an seiner Seite hatte, war es überzeugt, sein Vorhaben mit dessen Unterstützung in die Tat umsetzen zu können. Vielleicht noch nicht morgen oder übermorgen, aber ganz sicher irgendwann.

Sechstes Kapitel

Noch mal Glück gehabt

Marie war ein 10-jähriges Mädchen mit einer lustigen Stupsnase und sie sah ihrer Mutter Teresa sehr ähnlich. Für ihr Alter war sie etwas klein, aber die gelegentlichen Neckereien ihrer Mitschüler betreffs ihrer Körpergröße störten sie nicht sonderlich. Dafür war sie ihren Freundinnen in anderen Dingen haushoch überlegen. Beim Rennen im Sportunterricht war sie stets am schnellsten und vom Verständnis und dem Allgemeinwissen her konnte sie es locker mit 12- oder 13-jährigen Kindern aufnehmen.

Am späten Nachmittag, etwa eine Stunde vor Ladenschluss, kam Marie in die Buchhandlung und ging, nachdem sie ihre Mutter begrüßt hatte, in die obere Etage. Am Regal, hinter dem Bonifazius Schwein und das Küh schon nach ihr Ausschau hielten, blieb sie stehen, blickte sich nach allen Seiten um und bückte sich zu ihren Schuhen hinunter, so, als ob sie einen Schnürsenkel festbinden wollte. Diese Vorsichtsmaßnahme war allerdings überflüssig, weil sich außer ihr keine weitere Person hier oben befand. Das Küh war für diesen Augenblick vom Schwein genauestens instruiert worden: »Also, wenn sie da ist, schlüpfe ich raus und erzähle ihr von dir. Du wartest hier so lange auf uns. Ich muss Marie erst mal beibringen, dass es nun außer mir noch eine freilaufende Kuh im Geschäft gibt. Wenn die Luft rein ist, gebe ich dir ein Zeichen!«

»Wer macht denn die Luft dreckig und wüüüso?«, wollte das Küh besorgt wissen, aber Bonifazius griff sich bei dieser Frage nur vielsagend an den Kopf und verdrehte die Augen. Da schwieg das Küh lieber, trippelte unruhig hin und her und harrte der Dinge, die da kommen würden.

So quetschte sich das Schwein denn durch den Spalt und wurde von Marie in Empfang genommen. Mit der einen Hand nahm sie es vorsichtig auf, mit der anderen ergriff sie den vierten Band einer Abenteuererzählung über einen englischen Zauberlehrling. Dann ging sie zum Ledersofa in der Ecke, und der Kopf des Mädchens sowie das Schwein, welches auf ihrem Schoß Platz genommen hatte, verschwanden hinter dem aufgeschlagenen Buch. Zunächst war ein sehr leises Tuscheln zu hören, dann ein etwas lauteres, verwundertes »Was??? Nein!!!«, das Marie herausrutschte. Sie ließ das Buch sinken und ihr ungläubiger Blick wanderte in Richtung Regal mit dem Küh dahinter. Das hatte bisher alles genau beobachtet und war gespannt, was nun passieren würde. Marie stand langsam auf und setzte das Schwein auf die Sofalehne. Dann sah sie sich wieder mehrmals um und kam vorsichtig näher. Genau wie vorhin bückte sie sich. Bonifazius winkte jetzt von seiner Lehne aus wie verrückt und das Küh zwängte sich der verdutzten Marie entgegen. Die nahm es ein wenig zögernd auf die Hand und ging zum Sofa mit dem wartenden Schwein zurück. Noch immer waren die drei allein in der oberen Abteilung, das Auftauchen eines Kunden oder Teresas hätte sich auch durch das deutlich hörbare Knarren der Wendeltreppe angekündigt. Also konnte man nun etwas lauter sprechen, ohne dass die Gefahr der sofortigen Entdeckung bestand.

Vorerst sahen sich Küh und Marie sehr aufmerksam an. Nach der eingehenden beidseitigen Musterung sagte das Mädchen schließlich: »Grüß Gott, kleine Kuh, wo kommst denn du auf einmal her?« Eigentlich hatte sie darauf keine Antwort erwartet, doch es kam prompt von ihrer Hand zurück: »Hallo, Marie, ich bin das Küh! Ist die Luft jetzt rein?«

Das Schwein verdrehte wieder die Augen und ergänzte grunzend: »Es glaubt, dass es von einer Näherin im Werk so genannt wurde, und lässt sich davon nicht abbringen. Doch dank meiner Hilfe kann es inzwischen schon ganz gut sprechen. Vielleicht, äh, hm, na ja, könntest du ihm noch das Lesen beibringen. Bei mir hat es ja auch hervorragend funktioniert, nicht wahr?«

Das Mädchen wurde von den zwei Plüschfiguren regelrecht überrumpelt. Von der einen durch ihr plötzliches Auftauchen, von der anderen durch die grandiosen Vorschläge. Marie nahm mit dem erwartungsvoll dreinblickenden Küh auf der Hand erst einmal auf dem Ledersofa Platz und versuchte, ihre Gedanken zu sortieren. Als Bonifazius sah, dass er das Mädchen fast überzeugt hatte, setzte er nach: »Wenn du deine Mutter so wie heute jeden Tag von der Arbeit abholst, könntet ihr immer eine Stunde lang üben. Und du wirst doch sicher zugeben, dass man, wenn man schon in einer Buchhandlung wohnt, wenigstens lesen können muss. Außerdem hat es sehr viele Fragen, die ich manchmal auch nicht so richtig beantworten kann. Du kennst dich doch da draußen ganz toll aus, weißt fast alles und kannst auch viel, viel besser erklären als ich, nicht wahr?«

Das Schwein hatte die letzten Worte zuckersüß gesäuselt und war dabei Marie mit seinem Rüssel fast bis ins Ohr gekrochen. Die letzten Bedenken fegte das Küh hinweg, indem es das Mädchen mit seinen glänzenden Knopfaugen ansah und »Jaaa, bütteschööön!« flötete. Marie konnte letztendlich gar nicht anders, als mit einem »Na gut, überredet« zuzustimmen. »Ich hoffe nur, meiner Mutter kommt das Ganze nicht zu seltsam vor, wenn ich fast jeden Tag hier auftauche und mit einer Plüschkuh lese. Schon mit dir, Bonifazius Schwein, war das im letzten Jahr nicht ganz einfach. Mama wollte dich ja schon mir schenken, als sie sah, dass wir zwei immer zusammenhockten. Wir hätten bei uns zu Hause viel mehr Zeit zum Üben, aber du magst ja hier nicht weg. Und zwingen will ich dich nicht.« Immerhin hatte ihr Bonifazius mit seiner Doppelgängeraktion eindrucksvoll bewiesen, dass es ihm damit sehr ernst war.

Unten verließ gerade die letzte Kundschaft mit einem »Pfüati!« den Laden, die Tür wurde verschlossen, und Teresa kam nach oben, was deutlich am Knarren der Treppenstufen zu hören war. Marie hatte Schwein und Küh blitzschnell ins Regalversteck zurückgebracht und ein »Na gut, also dann bis morgen!« geflüstert. Als ihre Mutter erschien, waren die beiden schon wieder durch den Spalt in ihrem Unterschlupf verschwunden.

Teresa kam in den nächsten Tagen und Wochen aus dem Staunen nicht heraus. Immer wenn sie Spätdienst im Buchladen hatte, tauchte Marie regelmäßig gegen 17 Uhr bei ihr auf, um sich in der oberen Abteilung die Zeit bis zum Feierabend der Mutter mit Lesen zu vertreiben. Zuerst glaubte sie, das Mädchen entwickelte der heranrückenden Weihnachtszeit wegen diese Anhänglichkeit ihr gegenüber. Vielleicht steckte ja auch ein außergewöhnlicher Wunsch für Heiligabend dahinter. Danach befragt, nannte Marie jedoch nur Sachen, die nicht unbedingt absonderlich waren oder über das übliche Maß hinausgingen: ein oder zwei Bücher, ein Paar neue Schlittschuhe, die neueste CD einer Sängerin mit einem unaussprechlichen Namen (und die Teresa insgeheim für grausig schlecht hielt) und allseits beliebte Naschereien. Weihnachten konnte also nicht der Grund für dieses neuartige Verhalten sein.

Der nächste Gedanke war, es könnte in der Schule etwas schieflaufen. Eine Anfrage beim Klassenlehrer beruhigte die Mutter jedoch, denn darauf angesprochen lachte der nur herzlich und meinte, gäbe es mehr solcher fleißigen und ruhigen Schüler wie Marie, würde er gerne noch als Hundertjähriger unterrichten wollen. Sie wäre immer eine der Besten in der Klasse gewesen und daran hätte sich auch in letzter Zeit nichts geändert. Da also das Mädchen so wie immer war, nahm Teresa die ganze Sache schließlich als nicht weiter bedenklich hin. Im Grunde genommen freute sie sich sogar über den angebotenen »Abholservice«.

Dann, eines Tages, kam sie in die obere Etage und sah verwundert, wie Marie einer dieser scheinbar unverkäuflichen Plüschkühe, die auf ihrem Schoß saß, vorlas. Aber mit einer völlig veränderten Stimme, die leicht piepsend klang. Und bewegte die Kuh dabei nicht ihre Schnauze? Dann aber, als Marie sie bemerkte, schien alles so wie immer: Das Mädchen schaute in ihr Buch und die Kuh saß starr und steif und rührte sich nicht. Es war vor über einem Jahr gewesen, fiel Teresa jetzt ein, da hatte sich ihre Tochter ebenfalls sehr intensiv mit einem der damals gelieferten Plüschschweine beschäftigt. Es war genau das, welches jetzt von der Sofalehne aus zuschaute und – mitlas???

Langsam wird es Zeit für den Feierabend, dachte sich Teresa. Irgendwann sehe ich noch weiße Mäuse hier herumlaufen. Und kurze Zeit später hatte sie den Vorfall bereits vergessen.

Unterdessen funktionierte Maries und Bonifazius' »Leselernplan Küh« bis auf jenen kleinen Zwischenfall genau 14 Tage lang bestens. Dann tauchte ein Problem auf, mit dem weder Lehrer noch Schüler gerechnet hatten: Almut. Chefin Klara hatte sie eingestellt, um Teresa und – natürlich – sich zu entlasten, da das Geschäft aufgrund der heranrückenden Weihnachtszeit recht gut lief.

Almut war eine schmächtige, fast schon knochige Frau Anfang fünfzig mit einer Brille, deren Form und Größe ihr das Aussehen eines Uhus gaben. Doch eigentlich war sie eine freundliche, bescheidene Person, die sich überall nützlich machte und mit der Teresa recht gern arbeitete. Sicher auch, weil sie froh darüber war, nun nicht mehr fast jeden Tag bis zum Ladenschluss im Geschäft stehen zu müssen. Die dicke Klara hatte sich, nebenbei gesagt, als Filialleiterin das Privileg, vorher zu gehen, schon öfter genehmigt. Für Marie jedoch bedeutete dies, dass sie ihre Mutter nur noch zwei- oder dreimal in der Woche von der Arbeit abholen konnte. Damit entfielen einige Lese- und Lernstunden mit dem Küh.

Die neue Mitarbeiterin erwies sich aber in einer anderen Sache für Marie und ihre zwei Plüschfreunde als regelrecht gefährlich: Die Warneinrichtung »Knarrende Wendeltreppe« versagte bei Almut kläglich, da diese keine 50 Kilo wog und somit fast unhörbar erscheinen konnte. Die Gefahr einer Entdeckung war also viel größer geworden. Bonifazius Schwein spitzte zwar seine dreieckigen Ohren so sehr, dass er fast schon wie eine Fledermaus aussah, um im Notfall die beiden anderen, die in ihr Buch vertieft waren oder leise miteinander schwatzten, zu warnen. Aber ein Plüschschwein hat nun mal kein eingebautes Radar, und so kam es, wie es kommen musste:

Eines Abends arbeiteten Almut und Teresa zusammen im Laden, weil es noch jede Menge zu tun gab. Eine Bücherlieferung war eingetroffen und musste einsortiert werden, die Schaufenster sollten neu dekoriert werden und an einen pünktlichen Feierabend war somit nicht zu denken. Marie gab dem Küh wieder einmal Unterricht und versuchte, dessen schier unerschöpflichen Wissensdurst zu stillen oder, besser gesagt, auf jede seiner zig Fragen eine passende Antwort zu finden. Diesmal glaubten die drei, einigermaßen sicher zu sein, da der Buchladen bereits geschlossen war. Kunden würden nicht mehr überraschend hier oben auftauchen können und die beiden Frauen waren ja unten beschäftigt.

Da stand Almut urplötzlich im Raum, ohne dass vorher ein Geräusch zu hören gewesen war. Küh, Schwein und Mädchen erstarrten buchstäblich vor Schreck und das war, im Nachhinein betrachtet, wahrscheinlich ihr Glück. Marie hatte die beiden gerade vor ihrem Regal abgesetzt und wollte sich verabschieden, als auf einmal neben ihr eine Stimme fragte: »Na, hat dir das Buch gefallen?« Almut, die ihr zuvor einen neuen Abenteuerband herausgesucht hatte, wollte nur freundlich sein. Deshalb verstand sie nicht, dass Marie sie wie einen Geist anstarrte. Die Verkäuferin war darüber so verdutzt, dass sie die zwei kleinen Gestalten unten auf dem Fußboden gar nicht bemerkte. Bonifazius und das Küh nutzten diese Gelegenheit und huschten wie die geölten Blitze in ihr Versteck, unerkannt, wie sie für einen kurzen Augenblick dachten. Doch der prompt erfolgende schrille Aufschrei Almuts belehrte sie eines Besseren: »Ratten, oh Gott, Ratten!!! Schnell, Teresa, kommen Sie nach oben!!! Schnell!!!«

Irgendwo hörte man eine Kiste zu Boden krachen, dann kam Maries Mutter die Treppe heraufgestürzt.

»Ratten – ganz bestimmt! Da hinein sind sie verschwunden! Und sooo gewaltig!« Die kleine, schmächtige Frau mit der Riesenbrille bebte vor Schreck und Entsetzen, ihre Hände beschrieben etwas, das von Größe und Format eher zu einem Dachs oder einem Fuchs gepasst hätte.

»Beruhigen Sie sich doch erst mal«, meinte Teresa. »Wo sollen denn hier Ratten herkommen?« Sie wandte sich an ihre Tochter: »Hast du sie auch gesehen, Marie?«

»N…nein, Mama, ich – ich habe nichts – gar nichts gesehen! Wirklich!« Die Antwort und die Art, wie sie hervorgestottert wurde, wirkten nicht unbedingt glaubwürdig. Und schlagartig fiel Teresa der Vorfall von neulich ein. Hatte sie sich etwa doch nicht geirrt? Unmöglich, Plüschtiere konnten nicht sprechen oder sich von selbst bewegen. Aber wo waren eigentlich die beiden Figuren? Die Sofalehne war leer. Hm, da saß eine Kuh im Regal und unten hockte ein Schwein auf der Treppe. Völlig unbeweglich. Aber Marie konnte unmöglich das Schwein auf die Treppe zurückgesetzt haben, da sie hier oben war und die ganze Zeit über den Raum nicht verlassen hatte. Was ging hier also vor? War es falsch gewesen, Marie zu erlauben, die beiden Plüschtiere bei ihren Lesestunden um sich zu postieren? Aber die kaufte ja doch kaum noch jemand, in den Spielwarenläden war inzwischen auch die Nachfolgekollektion ein Ladenhüter. Und ihre Tochter war immer sehr vorsichtig mit den beiden gewesen und hatte keinerlei Schäden angerichtet. Es blieb die Frage: Wieso wollte Marie das Schwein nicht geschenkt bekommen, wenn die beiden hier in der Buchhandlung doch scheinbar unzertrennlich waren?

»Wir sollten Fallen aufstellen, Teresa«, unterbrach Almut die Grübeleien der jungen Frau. »Oder Giftköder auslegen, oder einen Kammerjäger bestellen, oder …«

»Ich werde morgen mit der Chefin reden«, beendete Teresa die Ausführungen ihrer Kollegin zum Thema Klein- und Großnagerbekämpfung.

»Wenn es hier wirklich Ratten gäbe, wäre uns doch schon vorher etwas aufgefallen, wie zum Beispiel angefressene Bücher, und die Kunden hätten auch etwas gesehen. Aber gut, einverstanden, ich werde Klara die Sache mit den Fallen vorschlagen. Dann sehen wir weiter.« Insgeheim glaubte sie inzwischen, dass Almut Schatten oder Lichtreflexe gesehen und diese sie in Angst und Schrecken versetzt hatten. Trotzdem ließ sie die Sache mit den Plüschtieren nicht richtig los. Eine plausible Erklärung fand sie jedoch nicht. Einbildung, hervorgerufen durch den langen Arbeitstag, sagte sie sich schließlich. Genau wie bei ihrer Mitarbeiterin. Wer weiß, was die gesehen hatte. Monsterratten, ha ha! Die Fallenaufstellerei würde sicherlich ein Reinfall werden.

»Schluss, Feierabend für heute«, ordnete Teresa an. Sie verabschiedete sich von der immer noch aufgelöst wirkenden Almut und machte sich zusammen mit einer sehr erleichterten Marie auf den Heimweg.

Siebentes Kapitel

Gefährliche Experimente

Eines hatte der Vorfall Marie und ihren zwei Schützlingen sehr deutlich gezeigt: Wenn sie nicht wollten, dass ihr Geheimnis innerhalb kürzester Zeit aufflog, mussten sie sich unbedingt ein besseres Warnsystem für ihre Treffen im Obergeschoss der Buchhandlung einfallen lassen. Nachdem sich die größte Aufregung etwas gelegt hatte, wurden während einer konspirativen Zusammenkunft an einem Samstagvormittag verschiedene Möglichkeiten heftigst durchdiskutiert.

Nebenbei bemerkt: Eine positive Seite hatte die ganze Sache für unsere drei Freunde übrigens doch. Chefin Klara ließ – wenn auch widerstrebend – die geforderten Fallen aufstellen, aber die blieben, wie Teresa schon vermutet hatte, leer, was den Verdacht zu bestätigen schien, dass sich Almut eben doch geirrt haben musste. Trotzdem war für diese die Abteilung da oben nicht mehr geheuer, und sie vermied es, wo sie nur konnte, einen Fuß in den Raum zu setzen. Das bedeutete, dass man zwar nicht völlig ungestört war, aber die Gefahr, von der dürren Verkäuferin mit der Riesenbrille erwischt zu werden, hatte sich deutlich verringert.

Marie war auch mit dem neuerlichen Vorschlag an die beiden Plüschtiere, sie zu kaufen und mit nach Hause zu nehmen, zumindest beim Schwein auf deutliche Abneigung gestoßen. Stattdessen hatte es sein *Nachschlagewerk für den Heimelektriker* durchgewälzt und bei dem

Mädchen Draht, eine Taschenlampe und einige Kleinteile bestellt, um daraus eine »Melde- und Bewegungsschaltung mit optischer Signaleinrichtung« zu basteln. Marie wusste nicht, wie Bonifazius das anstellen wollte, versprach aber, die Sachen zu besorgen, auch wenn sie dafür ihr Taschengeld opfern oder notfalls sogar ihren Elektrobaukasten würde plündern müssen. Das Küh meldete sich schließlich mit einer ganz anderen Idee zu Wort: »Hier oben, an der Treppe, muss sich immer einer von uns postüüüren und dann vülleicht pfeifen oder so, wenn jemand kommt!«, flötete es aufgeregt seinen Gedanken heraus.

Das Schwein verdrehte wieder einmal die Augen bis zum Anschlag und griff sich entnervt an den Kopf. »Wann lernt es endlich, dieses verflixte ›I‹ auszusprechen??? Das kann doch nicht sooo schwer sein, nücht – äh, nicht wahr. Hm, jetzt hat es mich auch schon angesteckt. Und außerdem, wenn meine Signalanlage funktioniert, brauchen wir keinen Melder mehr!«

Marie war sichtlich empört über das Schwein und dessen Verhalten dem Küh gegenüber: »Aber noch hast du sie nicht gebaut, und ob das überhaupt klappt, steht in den Sternen!« Etwas versöhnlicher fügte sie hinzu: »Bis du dieses Dingsbums fertig hast, werden wir es so machen, wie das Küh vorgeschlagen hat. Wir nehmen dein Doppelgängerschwein da unten von der Treppe und setzen es hier oben auf das Regal neben dem Aufgang. Ich werde Mama einreden, dass es da besser aufgehoben ist. Und daneben kommt eine von den Plüschkühen. Einer von euch setzt sich dazu, passt auf und pfeift, wenn jemand im Anmarsch ist. Ihr dürft dann nur nicht vergessen, in Deckung dort hinter dem Buchstapel zu gehen. Nicht, dass euch doch noch aus Versehen einer kauft!«

Teresa reagierte ein wenig misstrauisch auf den Vorschlag ihrer Tochter. Sofort fiel ihr wieder die Sache mit den Ratten ein und die Beobachtung, die sie unlängst gemacht zu haben glaubte. Aber das Plüschschwein saß unten an der Treppe wirklich denkbar schlecht, und so ließ sie sich doch ziemlich schnell von dem Mädchen überzeugen.

Den ersten Meldedienst übernahm Bonifazius, und wie richtig der Einfall des Kühs gewesen war, zeigte sich sofort. Almut sollte für Teresa, die an der Kasse beschäftigt war, etwas von oben holen. Die erschien vorsichtig auf der Wendeltreppe in ihrer fast geräuschlosen Art und Weise, immer noch damit rechnend, von einem dieser garantiert vorhandenen Nager angefallen zu werden. Bonifazius gab in diesem Augenblick der Redewendung »Ich glaube, mein Schwein pfeift« endlich einen Sinn und stieß einen gellenden Pfiff aus, der Marie und das Küh warnen sollte. Aber tatsächlich sorgte er dafür, dass Almut voller Panik nach unten stürzte und atemlos zum hundertsten Mal verkündete, niemals mehr da hinaufgehen zu wollen. Teresa durfte also die benötigten Sachen selbst holen, während ihre nervöse Kollegin mit ihren zittrigen Fingern kaum imstande war, den Kunden das Wechselgeld herauszugeben.

Leider funktionierte das Ganze nur mit dem Schwein als Alarmposten. Wie sich herausstellte, konnte nämlich das Küh seine Schnauze spitzen und die Backen aufblasen, wie es wollte, es kam immer nur ein »Pfffft« heraus, was eher wie eine Luftpumpe klang. Also musste man sich weiterhin auf die Geräusche der knarrenden Wendeltreppe verlassen, wenn Marie wieder mit dem Schwein ungestört reden oder lesen wollte.

Es war jetzt Anfang Dezember, der Regen hatte sich bereits mehrmals in Schnee verwandelt, und die Sonne war müde und machte sich rar. Die Menschen packten sich in warme Sachen, um dem hässlichen nasskalten Wetter zu trotzen, und wirkten sehr mürrisch und missgelaunt. Vielleicht lag es auch am Vorweihnachtsstress, der viele fest im Griff hatte und, nebenbei gesagt, der Buchhandlung recht gute Umsätze bescherte.

Das kleine Küh hatte die Verwandlung der Landschaft da draußen mit Verwunderung registriert und natürlich Marie und Bonifazius darüber ausgefragt. Wenn es mit dem Mädchen nicht gerade Lesen übte (eigentlich war das kaum noch nötig, da es sich zu einem richtigen Leseküh entwickelt hatte), war Fragen stellen sowieso seine Lieblingsbeschäftigung: Warum müssen die Menschen essen, trinken und schlafen? Was ist Weihnachten? Warum ist es nachts dunkel? Warum, warum, warum …

Das Schwein und vor allem das Mädchen hatten eine scheinbar unerschöpfliche Ausdauer und Geduld mit dem wissbegierigen und gelehrigen Küh. Auf eine Frage wussten aber beide keine Antwort: Warum waren Bonifazius Schwein und das Küh so anders als alle anderen Plüschtiere? Was war passiert, dass beide sprechen, lernen und sich bewegen konnten, während die restliche plüschige Verwandtschaft nur normales Spielzeug war?

Es gab keine plausible Erklärung dafür, und das wurmte das Schwein ungeheuer. Der Ehrgeiz hatte es gepackt, diese scheinbar alles entscheidende Frage zu klären. Selbst die Entwicklung der Alarmanlage wurde dafür zurückgestellt, obwohl Marie die benötigten Teile bereits besorgt hatte.

Zunächst versuchte das Schwein, sich an die ersten Momente seines Daseins zu erinnern. Da war ein Knall gewesen, verbunden mit einem Lichtblitz. Zumindest glaubte es, diese beiden Dinge wahrgenommen zu haben, aber sicher war sich Bonifazius nicht. Deshalb wurde auch das Küh über seine ersten Eindrücke genauestens befragt. Vielleicht war bei ihm ja etwas im Gedächtnis hängen geblieben.

»Hm, da war diese junge Frau, die mich in der Hand hielt und, glaube ich, weinte«, grübelte das Küh. »Und die Sonne schien in diesem Moment genau auf das Haarbüschel auf meinem Kopf. Mehr weiß ich allerdüüngs nicht mehr.« Ab und zu, wenn auch nicht ganz so häufig, passierte ihm die Sache mit dem »I« immer noch.

Das Schwein dachte jetzt so angestrengt nach, dass man förmlich seinen Verstand arbeiten sehen konnte. Plötzlich hatte es eine Idee: Irgendwo in einem der tausend und mehr Bücher hier im Laden musste die Lösung zu finden sein. Heute war Sonntag, keine Verkäuferinnen oder Kunden würden stören, also konnte man in allen Abteilungen herumstöbern, ohne befürchten zu müssen, entdeckt zu werden.

Beim Studium mehrerer umfangreicher Nachschlagewerke sprang das Schwein urplötzlich auf und sauste an ein Regal. Nach einer Weile schleppte es ein Werk mit dem Titel *Unerklärliche Erscheinungen und Phänomene* heran und begann, aufgeregt darin zu blättern. »Hier, ich hab's!«, rief es schließlich triumphierend. »Hör zu, Küh! Hier steht: ›Es ist nicht auszuschließen, dass positive Gefühlsregungen und -äußerungen, gepaart mit intensiven Licht- oder Energieströmungen, Einfluss auf die Bildung und Entstehung neuer Daseinsformen haben können.‹ Das ist es!«

»Was ist es?«, fragte das Küh vorsichtig, weil es überhaupt nichts von dem verstand, was Bonifazius Schwein hier trieb.

»Na, die Lösung! Ich habe die Antwort auf die Frage, warum es uns beide gibt. Positive Regungen und Energie – das ist es. Tränen und Sonnenlicht oder andere Energie brauchen wir. Wir werden es experimentell nachweisen. Wir gehen in die Geschichte ein! Wir werden in einem Atemzug mit Darwin genannt werden!«

»Wer ist denn dieser Erwüüün?«, erkundigte sich das Küh, welches den Namen nicht richtig mitbekommen hatte, bekam aber keine Antwort, weil das Schwein bereits losgerast war und kurze Zeit später mit einer der Plüschkühe erschien.

»Wir benötigen noch die Taschenlampe und den Draht, den mir Marie besorgt hat. Und das alles schaffen wir an den Wasserspender hinten am Sofa. Los geht's, Küh!« Der Wasserspender diente eigentlich der Kundschaft zur Erfrischung. Man konnte dort kostenlos per Knopfdruck einen Becher Mineralwasser zapfen. Die Plüschkuh wurde von Bonifazius Schwein nun unterhalb des Wasserspenders abgelegt. Dann befestigte er die vom Küh angeschleppten Drähte an dem Versuchsobjekt. Diese wiederum schloss das Schwein an die Taschenlampe an, deren Strom von einem kleinen Dynamo mit Kurbelantrieb erzeugt wurde. Die Augen unseres Kühs wurden angesichts dieser Versuchsanordnung immer größer.

»Was – was hast du vor, Bonifazius?«, brachte es schließlich mit ängstlicher Stimme heraus. »Und warum probüüürst du die Sache nicht mit einem Schwein?«

Bonifazius grunzte unwirsch zurück: »Weil es außer mir nur noch drei Plüschschweine hier gibt, Kühe aber mehr als genug da sind!« Er warf sich in Pose wie ein Professor vor seinen Studenten und verkündete: »Versuch römisch eins, die Energiequelle ist am Objekt angeschlossen, die Tränen ersetzen wir durch das Aqua Minerale, dessen Konsistenz und Zusammensetzung in etwa der Augenflüssigkeit der Menschen ähnelt – wenigstens meiner Meinung nach. Das Küh, also du, wird die Erzeugung der Energie übernehmen, also kurbeln, während ich die Tränenersatzflüssigkeit auftrage. Start: jetzt!«

Und so begann das Küh wie verrückt, die Kurbel an der Taschenlampe zu drehen, so sehr, dass man nur noch einen schwirrenden Kreis sehen konnte. Das Schwein hatte sich oben am Wasserspender postiert. Noch ein kurzer Augenblick, ein Druck auf den Knopf mit der Aufschrift »Mit Kohlensäure«, und schon platschte ein kräftiger Guss nach unten. Das Küh brach seine Kurbelei ab und schaute genau wie Bonifazius gespannt, ob sich das Versuchsobjekt wohl bewegte. Aber außer einer Pfütze auf dem Teppichboden und einer völlig durchweichten armen Plüschkuh waren keine weiteren Ergebnisse feststellbar.

»Versuch römisch eins offenbar misslungen«, kommentierte Bonifazius Schwein das Resultat. »Hm, wahrscheinlich ist die Energie zu gering. Wir werden eine stärkere Quelle brauchen.«

»Wir sollten das lassen, Bonifazius«, wagte das Küh sich zu melden. »Vielleicht geben wir uns lieber damit zufrüüüden, dass wir eben so sind, wie wir sind. Marie hat auch gesagt, dass es noch sooo viele ungeklärte Dinge auf der Welt gibt!«

Das Schwein war aber schon wieder unterwegs und zerrte jetzt eine Tischlampe heran, die an einer Steckdose neben dem Sofa angeschlossen wurde. Deren Lichtstrahl richtete es nun auf »Objekt römisch zwei«, welches den Platz der nassen und damit unbrauchbaren »Versuchskuh eins« einnehmen musste. Wieder ein Schwapps Mineralwasser, diesmal »stilles«, und wieder wartete man gespannt, was passieren würde. Zwar verdampfte irgendwann die Feuchtigkeit durch die Hitze der Lampe, aber außer einem kleinen Wölkchen über dem Kopf des Probanden war nichts zu erkennen. Keine Regung, nichts.

»Versuchsabbruch!«, ordnete das Schwein an.

»Hör auf damit, Bonifazius!«, flehte das Küh. »Was soll denn dabei herauskommen? Und was werden die Verkäuferinnen sagen, wenn sie bemerken, dass meine ganze Verwandtschaft klatschnass ist?«

Bonifazius Schwein ließ sich nicht beirren: »Für die Wissenschaft müssen Opfer gebracht werden, das war schon immer so. Wir werden ein letztes Experiment durchführen. Wenn das auch schiefgeht, machen wir für heute Schluss.«

Inzwischen war es Abend geworden und im Geschäft hatte sich die schummrige Nachtbeleuchtung eingeschaltet, die der ganzen Szenerie etwas Geheimnisvolles und Mysteriöses gab.

Die jetzt folgende »Versuchsanordnung römisch drei«

verschlug dem kleinen Küh vollends die Sprache: Das Schwein steckte vorsichtig die beiden Drähte aus dem ersten Experiment in die Steckdose, setzte Kuh Nummer drei auf die blanken Drahtenden und kletterte am Wasserspender empor.

»Nein, nüüücht!!!«, piepste das Küh noch aus der Deckung des Sofas hervor, da hatte Bonifazius auch schon den Knopf am Spender gedrückt. Erneut rauschte ein Mineralwasserfall nach unten …

Zuerst dachte das Küh, alles wäre gut gegangen, aber dann gab es einen Knall, gefolgt von einer Stichflamme. Im selben Moment erlosch im gesamten Laden das Licht.

»Bist du denn üüübergeschnappt, Schwein?!«, rief das Küh und trippelte, so schnell es mit seinen kleinen Beinen konnte, zum Ort des schrecklichen Geschehens. Das plüschige Versuchsobjekt qualmte am Hinterteil heftig vor sich hin. Offenbar war es schwerer in Mitleidenschaft gezogen worden als seine zwei Leidensgenossen. Bonifazius stand indessen ziemlich ratlos vor seinem Werk.

»Das hast du nun davon mit deinen blöden Experimenten! Süüüh dir das an!« Das Küh war außer sich. So hatte es das Schwein noch nie erlebt.

»Na ja, hm, irgendwie hast du vielleicht recht«, gab es kleinlaut zu. »Wahrscheinlich brauchen wir eine chinesische Näherin und dann …«

»Ach, und die schlüüüßen wir dann auch an die Steckdose an, oder wie??? Nein!!! Was wir brauchen, ist jede Menge Zeit, um hier einigermaßen wüüüder Ordnung zu schaffen! Müüüh!« Dem kleinen Küh hätte man einen solchen Ton gar nicht zugetraut. Das Schwein zuckte nur mit den Schultern und gab sich letztendlich geschlagen.

Als am nächsten Morgen Klara und Teresa erschienen, waren die meisten Spuren der Versuchsreihe mit großen Anstrengungen beseitigt worden. Es roch noch ein wenig verschmort in der Buchhandlung, und Klara stellte verwundert fest, dass die Hauptsicherung im Laden herausgesprungen war. Und unter dem Wasserspender stand eine deutlich sichtbare Pfütze, woraus die beiden Frauen einstimmig ableiteten, dass dieser wohl eine Fehlfunktion gehabt haben musste und für den Stromausfall verantwortlich sei.

»Da können wir froh sein, dass uns nicht das ganze Geschäft abgebrannt ist!«, meinte Teresa. Die beiden Plüschkühe, die jetzt im Sonnenlicht des Schaufensters zum Trocknen saßen, waren ihr noch gar nicht aufgefallen. Das Exemplar mit dem angesengten Hinterteil hatte derweil einen Platz bei den Reserveschweinen unterm Sofa gefunden.

Bonifazius und das Küh hockten wieder in ihrem Versteck hinter dem Regal. Beide hatten seit Beendigung der Aufräumarbeiten kein Wort miteinander gesprochen, was dem zerknirschten Schwein von Minute zu Minute sichtlich unangenehmer wurde. Schließlich hielt es die Stille nicht mehr aus und grunzte leise: »Es tut mir leid wegen deiner Verwandtschaft, Küh. Ich weiß auch nicht, was manchmal in mich fährt, aber vielleicht bin ich ja in einem Versuchslabor entstanden und will deshalb immer alles ganz genau wissen. Verzeihung, alter Junge!«

Das Küh ahnte, wie schwer dem Schwein diese Entschuldigung fallen musste. Darum konnte es gar nicht anderes als »Ist schon in Ordnung, Bonifazius« sagen.

Und damit war die kleine Welt der zwei Plüschfiguren wieder in Ordnung. Zumindest vorerst.

Achtes Kapitel

»Pfüati, Bonifazius!«

Wenige Tage nach dem einigermaßen glimpflichen Ausgang von Bonifazius' Forschungsreihe gab es in der Buchhandlung eine Neuerung, deren Folgen letztendlich den vertrauten und lieb gewonnenen Tagesablauf unserer zwei Plüschfreunde völlig auf den Kopf stellen sollten.

Auslöserin war – wieder einmal – Filialleiterin Klara. Zwei Wochen vor Weihnachten ließ sie zur »Verkaufsoffensive« blasen, was bedeutete, dass die Preise der Bücher, die bisher kaum einer haben wollte, radikal um die Hälfte gesenkt wurden. Und nicht nur die, auch die nach Klaras Meinung nicht ins Sortiment passenden Plüschkühe und das – vermeintlich – letzte Schwein bekamen neue Preisschilder verpasst.

Bonifazius und das Küh beobachteten die Umpreisaktion aus ihrem Versteck heraus mit gemischten Gefühlen. »Meinst du, dass die Leute jetzt unsere Verwandtschaft kaufen werden?«, fragte das Küh besorgt.

»Ach was«, grunzte das Schwein überlegen, »wir sind doch Ladenhüter. Das haben Teresa und die dicke Klara immer gesagt. Seit du hier bist, ist nicht ein einziges Plüschtier verkauft worden. Und das wird sich auch nicht dadurch ändern, dass wir auf einmal nur noch die Hälfte wert sein sollen. Du wirst sehen, dass ich recht habe!« Bonifazius ahnte nicht, wie gründlich er sich irrte.

Doch die nächsten zwei, drei Tage passierte nichts Außergewöhnliches oder gar Beunruhigendes im Geschäft. Das Küh erfreute sich an dem Tannenbaum, der im Schaufenster stand und in dessen bunten, glänzenden Weihnachtskugeln es sich sehr schön spiegeln konnte. Außerdem hatte es inzwischen Gefallen an einem *Yogabuch für Kühe* gefunden, das als abgewetztes Leseexemplar mithilfe des Schweins vor der Aussonderung bewahrt und in das gemeinsame Lager geschleppt wurde. Nun probierte es eifrig die verschiedenen Übungen darin, wie »Milchkanne halten« oder »Scheunentür öffnen«. Einige Stellungen waren aber für das kleine Plüschküh mit seinen kurzen Beinen und dem Bäuchlein sehr schwer durchführbar; manchmal verknotete es sich hoffnungslos und das Schwein schüttelte sich vor Lachen angesichts des auf einer Vorder- und einer Hinterpfote hin und her schwankenden Freundes.

Dann jedoch, eines Tages, als das Küh gerade bei der Übung »Die Bäuerin begrüßen« war und ein leises »Ommmmm« und »Krüüüschnaah« vor sich hin summte, kam Bonifazius wie von der Tarantel gestochen von seinem Beobachtungsposten angerast und schnaufte empört: »Das Schwein ist verkauft!!!«

»Wüüüso verkauft?«, konnte das Küh gerade noch verwundert fragen, dann verlor es das Gleichgewicht und fiel wieder einmal um.

»Eine Engländerin oder Amerikanerin hat einfach meinen Doppelgänger mitgenommen. Sie sagte nur so was wie ›Werrie Neiß‹, bezahlte und weg war sie. So eine Unverschämtheit!«, rief Bonifazius empört.

»Aber – aber du hast doch gesagt, wir wären so gut wie unverkäuflich!« Das Küh hatte sich inzwischen wieder auf seine Hinterpfoten gestellt und blickte sein

Gegenüber fragend an. Bonifazius Schwein begann, angestrengt nachzudenken.

»Hm, das konnte ja keiner ahnen, dass es vereinzelte Menschen aus den hintersten Ecken dieser Welt gibt, die uns noch haben wollen. Tja, dann werden wir diese Nacht eben ein Reserveschwein unterm Sofa hervorholen müssen«, meinte er schließlich. »Wie soll ich mich denn sonst noch einigermaßen unauffällig mit Marie hier im Laden treffen?«

Dass das weitaus größere Problem ganz woanders lag, stellten unsere beiden Helden am nächsten Tag fest, als sie Teresa beobachteten. Die war nämlich sichtlich überrascht, als plötzlich wieder ein Schwein im Regal in der oberen Abteilung des Ladens saß. »Aber wir hatten doch nur noch dieses eine und das haben wir gestern verkauft!«, murmelte die kleine Verkäuferin vor sich hin. »Vermehren die sich denn von selbst?« Unschlüssig nahm sie das Plüschtier in die Hand und betrachtete es. Schließlich sah sie das alte Preisschild, welches dort eigentlich gar nicht mehr hätte sein dürfen. Sie hatte selbst sämtliche Plüschkühe und auch das letzte Schwein mit dem neuen Preis versehen. Irgendetwas schien im Laden nicht mit rechten Dingen zuzugehen.

Die beiden Auslöser der scheinbar merkwürdigen Vorgänge sahen von ihrem Regalversteck aus zu, wie Maries Mutter das Zwillingsschwein wieder auf seinen Platz setzte und nach unten ging. »Noch mal Schwein gehabt!«, grunzte Bonifazius zufrieden. »Und sozusagen im doppelten Sinne, nicht wahr, Küh?«

Das war inzwischen sehr, sehr nachdenklich geworden: »Was machen wir, wenn Teresa dahinterkommt oder wenn dein neuer Doppelgänger auch einen Käufer findet? Und der letzte auch? Irgendwann sind die Reserveschweine alle. Was soll denn dann werden, Bonifazius? Willst du dann nur noch in unserem Unterschlupf hinter dem Regal sitzen? Und mit Marie lesen, ohne aufzufallen – wird das dann noch klappen?«

Für Bonifazius jedoch war die Welt schon wieder in Ordnung: »Ach was, noch mehr Amerikanerinnen werden sich schon nicht zu uns verirren. Keine Angst, Küh! Das Ganze war nur ein Einzelfall.«

Nein, es blieb kein Einzelfall, allerdings traf es nun die Spezies der Plüschkühe. Wenige Tage vor Weihnachten hatte sich deren Bestand bereits drastisch um die Hälfte reduziert, und die Käufer waren keinesfalls extra aus Amerika, England oder vielleicht Irland (auch dort soll es ja viele Kuhliebhaber geben) gekommen, wie das Schwein vermutete. Nur sein eigener Verwandter hatte zum Glück noch keinen neuen Besitzer gefunden. Bonifazius und das Küh verstanden die Welt nicht mehr. Zwei Monate lang hatte kein Mensch Notiz von den Plüschfiguren genommen und nun schien plötzlich ein Kaufrausch die Leute erfasst zu haben. Der Plan von Chefin Klara war scheinbar voll aufgegangen. Dann aber kam Weihnachten und nach den Feiertagen, als der Buchladen wieder öffnete, interessierte sich keiner der wenigen Kunden mehr für die noch vorhandenen Plüschtiere.

Der Winter mit Schnee und Kälte und die massenhaft angereisten Skitouristen hatten nun den kleinen Ort und seine Bewohner fest im Griff. Marie hatte sich im Geschäft mittlerweile ein wenig rargemacht. Auch sie tobte mit ihren Freunden über die verschneiten Hänge, und wenn sie gelegentlich bei ihren zwei Schützlingen vorbeischaute, hatte sie kalte Hände und meistens eine rote Nase, über die sich vor allem das Schwein fast vor Lachen zerkringelte. Dann schien es, als sei die Zeit der Normalität und Sorglosigkeit für alle drei zurückgekehrt. Man traf sich wieder auf dem Sofa zum Lesen, es wurde leise geschwatzt und Neuigkeiten ausgetauscht. Alles war fast so wie früher.

Schließlich, irgendwann im April, hatte der Frühling den Winter endgültig aus dem Land gejagt und zog mit einem solch grandiosen Blüten- und Farbentriumph ein, dass unser Küh vor lauter Staunen große Kulleraugen bekam. Manchmal, wenn die Verkäuferinnen in der Mittagspause waren, ging es das Risiko ein und trippelte ans Schaufenster, um einen besseren Überblick auf die ganze Herrlichkeit da draußen zu haben.

Dann aber, wenige Tage nach dem Osterfest, wurde völlig unerwartet das scheinbar letzte Plüschschwein verkauft. Bonifazius war außer sich vor Entrüstung: »Das gibt's doch nicht!!! Was finden denn auf einmal die Menschen an mir – nein, an Schweinen? Warum gehen die denn nicht in einen Spielwarenladen, wenn sie Kuscheltiere brauchen? Da kann man sich doch viel schönere und aktuellere Sachen holen!«

In der darauffolgenden Nacht wurde also der letzte Doppelgänger aus seinem Versteck geholt und mit vereinten Kräften an seinen Platz bugsiert.

Teresa glaubte am nächsten Tag endgültig, ein Gespenst zu sehen. Sie erschrak beim Anblick des Plüschschweins im Regal derartig, dass sie fast rücklings die

Wendeltreppe hinuntergefallen wäre. Das konnte doch einfach nicht wahr sein! Und wieder war am Schwein ein altes Preisschild befestigt! Wie, um Himmels willen, ging denn das? Teresa zweifelte an ihrem Verstand. Oder sollte sie etwa Almut oder die Chefin fragen, ob die nachts immer wieder neue Plüschschweine im Laden platzierten?

Unsinn! Warum sollte zum Beispiel ausgerechnet Klara das tun, der die Plüschtiere schon immer ein Dorn im Auge waren? Und Almut? Auch diese Idee war lächerlich. Die junge Frau überlegte hin und her, kam aber zu keinem logischen Ergebnis.

Auch Marie, Bonifazius und das Küh überlegten, und zwar, wie es jetzt weitergehen solle. Es gab keine Austauschschweine mehr unter dem Sofa. Würde das letzte auch noch verkauft werden, hätte es sich für Bonifazius und seine öffentlichen Auftritte mit Marie in der Buchhandlung erledigt. Denn wie sollte man Maries Mutter erklären, dass ihre Tochter zusammen mit einem Schwein Bücher las, wenn doch offiziell gar keine mehr im Laden existierten?

Das Mädchen sprach schließlich aus, was es schon eine ganze Weile gedacht hatte: »Ich werde dich kaufen, Bonifazius Schwein. Jetzt und hier und heute. Schau, mein gespartes Taschengeld müsste dafür gerade noch reichen. Bei uns zu Hause gibt es auch jede Menge Bücher und noch viele andere Dinge, die dich garantiert interessieren werden. Außerdem könnten wir hier im Buchladen weiterhin lesen. Und dich, Küh, werden wir jeden Tag besuchen! Vielleicht bitte ich ja meine Mama, dass sie dich mir zum Geburtstag im August schenkt. Denkst du, dass du ohne Bonifazius hier allein zurechtkommst?«

»Fragt mich hier eigentlich auch mal jemand, was ich möchte?«, grunzte das Schwein verärgert dazwischen. »Wir können doch abwarten, ob wirklich einer meinen Zwilling kauft, und dann sehen wir weiter.«

Nun meldete sich das Küh zu Wort: »Marie hat recht, Bonifazius. Und das weißt du auch. Solange es hier noch andere Plüschkühe gibt, kann mir hier eigentlich nichts passüüüren. Dann können wir uns wie bisher hier treffen. Und wenn ihr mich immer besucht, bis du …«

Weiter kam das Küh nicht. Eine Frau war oben bei ihnen erschienen, hatte sich umgesehen und mit einem »Nein, wie niedlich!« das letzte Plüschschwein aus dem Regal genommen. Drei fassungslose Augenpaare sahen, wie die Frau mit dem Schwein in der Hand anscheinend zur Kasse gehen wollte. Dann überlegte sie es sich offenbar doch anders, nahm ein Buch und fing an, darin zu lesen.

Marie fand als Erste ihre Sprache wieder: »Jetzt oder nie!«, flüsterte sie, nahm Bonifazius sowie das Küh und setzte Letzteres am Regalversteck ab. »Ein Glück, dass ich heute mein Geld dabei habe. Und nun schnell! Ich muss vor der Frau unten an der Kasse sein und bezahlt haben, sonst schöpft meine Mutter noch weiter Verdacht und fragt, wo auf einmal das Schwein herkommt.«

Das Küh und Bonifazius reichten sich die Pfoten, beide hatten feuchte Augen. »Machs gut, MühKüh! Bis bald!«, grunzte das Schwein ergriffen.

»Tschüss, Bonifazius! Pfüüüti!« Das Küh war ebenfalls den Tränen sehr nahe. Es sah den beiden nach, bis sie über die Wendeltreppe nach unten verschwunden waren.

Teresa war zuerst sprachlos, als ihre Tochter mit Bonifazius bei ihr auftauchte, das Geld herausholte und bezahlte. Dann, als sie ihre Stimme wiedergefunden hatte, meinte sie: »Hast du dir also doch noch dein Lieblingsschwein gesichert. Immerhin ist es das letzte seiner Art hier bei uns.« Zumindest dachte sie das in diesem Moment noch.

»Genau, und jetzt kann dich mir keiner mehr wegnehmen!«, sagte Marie zum eben erworbenen Schwein, und das schien, sehr zum Erstaunen ihrer verdutzt dreinblickenden Mutter, zustimmend zu nicken.

Doch schon kurze Zeit später wollte Teresas Welt endgültig zusammenbrechen, als eine Frau zu ihr an die Kasse kam mit einem Buch in der Hand und – einem Plüschschwein!!!

»Wo… woher hab…, äh, haben Sie, ähm, das da???«, entfuhr es der kleinen Verkäuferin schließlich. »Wir – wir hatten doch schon alle, wirklich *alle* verkauft!!!« Die letzten Worte klangen fast schon flehend.

»Ach«, trällerte die Dame vergnügt, »das saß da oben im Regal und guckte so süß …«

»Nein, unmöglich! Vielleicht irren Sie sich, bestimmt hatten Sie es schon, als Sie zu uns ins Geschäft kamen?!«

Die Frau betrachtete Teresa nun mit einer Mischung aus Verärgerung und Besorgnis. Letzteres, weil sie meinte, die arme Verkäuferin hätte ihren Verstand verloren und würde sie als Nächstes fragen, ob sie vielleicht beim Betreten des Buchladens auch noch ein lebendiges Nashorn in ihrer Handtasche gehabt hätte.

»Also bitte«, meinte die Dame ziemlich gereizt, »ich werde doch wohl noch wissen, was ich sehe und tue! Aber bei Ihnen, meine Beste, bin ich mir da nicht ganz so sicher! Was bin ich schuldig?« Die Frau bezahlte und verließ kopfschüttelnd das Geschäft.

»Ich brauche Urlaub, Marie!«, seufzte Teresa und sah zu ihrer Tochter, die das Ganze vom Sofa aus mit hochrotem Kopf verfolgt hatte. »Morgen werde ich Klara bitten, für die ersten beiden Ferienwochen im Juli eine Vertretung für mich zu finden. Und dann fahren wir zwei, nein –«, sie zeigte auf Bonifazius, »wir drei einfach mal weit weg.«

Das Mädchen, welches ja mehr oder weniger mitschuldig am ganzen Durcheinander war, sah, dass sich ihre Mutter wieder einigermaßen gefangen hatte, und meinte erleichtert: »Na klar, Mama! Und weißt du was: Ich bin mir sicher, dass sich das Problem mit den Plüschschweinen hier im Laden jetzt bestimmt erledigt hat!«

Neuntes Kapitel

Der Findetag

Nun war also das kleine Küh das erste Mal allein in seiner Buchhandlung und diese Einsamkeit fiel ihm nach all den vielen unterhaltsamen, lehrreichen und manchmal auch komischen Begebenheiten mit Bonifazius nicht gerade leicht. Anfangs suchte es noch Zerstreuung beim Lesen eines eigentlich spannenden Abenteuerromans, aber schon bald hatte es das Interesse verloren und kletterte nach unten, um durch das Schaufenster das abendliche Treiben auf der Straße zu betrachten. Dummerweise schaute ein Spaziergänger im Vorübergehen gerade auf die Auslagen des Ladens, als das Küh seinen Beobachtungsplatz zwischen den Büchern einnehmen wollte. Der Mann war über die herumkrabbelnde Plüschgestalt so perplex, dass er mit lautem Scheppern gegen einen Laternenmast lief und sich eine große Beule an der Stirn mit einer kleinen Gehirnerschütterung dahinter zuzog. Seine Benommenheit nutzte das Küh aus und rannte, so schnell es mit seinen kurzen Beinen konnte, wieder nach oben in sein sicheres Versteck. Nachdem es sich etwas beruhigt hatte, nahm es sein Yogabuch und begann, einige Übungen daraus zu machen, um mit einem leise gebrummten »Ommmm« den »absoluten Seelenfrieden« zu erreichen, wie der Titel des Werkes versprach. Aber es konnte einfach seine innerste Mitte nicht finden, sosehr es auch suchte, und plumpste ständig um. Irgendwann wurde es draußen schließlich hell, der Morgen kam und nach einer scheinbar endlosen Zeit des Wartens erschienen am späten Nachmittag Marie und Bonifazius.

Das Schwein war hin und weg von seinem neuen Zuhause bei Marie, es erzählte von ersten Experimenten mit dem Elektrobaukasten (das besorgte Küh dachte mit Bangen an die letzten Versuchsserien und die anschließende Verwüstung), außerdem hatte Bonifazius zusammen mit dem Mädchen in dessen Jackentasche die Umgebung erkundet – kurz gesagt, das kleine Küh wurde mit Informationen und Neuigkeiten förmlich zugeschüttet und kam überhaupt nicht zu Wort. Rasch war eine Stunde verflogen. Marie nahm das Schwein, und beide verließen gemeinsam mit Teresa, die inzwischen unten im Geschäft die Tagesabrechnung erledigt hatte, den Laden. Zurück blieb ein trauriges Küh, dem nun die nächste lange und einsame Nacht bevorstand. Am nächsten Tag wartete es jedoch umsonst auf seine beiden Freunde, keine Marie und kein Schwein ließ sich sehen. Erst nach über einer Woche quälender Warterei tauchten die zwei endlich in der Buchhandlung auf. Den Grund für diese lange Abwesenheit plauderte das Mädchen gleich aus.

»Weißt du, ich gehe jetzt bei Moosleitners auf dem Holzbauernhof wieder reiten. Ja, und man muss sich sehr intensiv mit den Pferden beschäftigen, sie pflegen, füttern und ausmisten, damit man sich gut mit ihnen versteht. Deshalb werden wir uns wohl in der kommenden Zeit etwas seltener sehen. Aber dir wird es ja hier bei den vielen Büchern sicher nicht langweilig werden, oder?«, meinte sie leichthin.

»N…nein, nein – oder, na ja, eigentlich doch …«, stotterte das überrasche Küh, aber Bonifazius grunzte schon dazwischen: »Ach was, ich habe doch auch immer wieder etwas Neues und Interessantes in den Regalen gefunden. Und am Tag kann man doch prima die Kundschaft beobachten. Hier hält man es doch aus, nicht wahr, Müh-Küh?«

»Aber – aber ich wollte …«, piepste dieses noch hilflos, doch Marie verabschiedete sich schon mit einem »Pfüati, ich habe heute wenig Zeit« und verließ zusammen mit Bonifazius Schwein das Geschäft.

Die Besuche der beiden in den nächsten Wochen konnte man locker an den Fingern einer Hand abzählen. Die Hauptthemen der Gespräche waren dann Prinz, Madonna, Luzifer und wie all die ganzen Pferde auf dem Holzbauernhof hießen, auf denen Marie ritt oder um die sie sich kümmerte. Bonifazius war in seinem »Home-Laboratorium« restlos glücklich. Er durfte sich am Computer des Mädchens zu schaffen machen, erzählte vom »Schürfen im Internet« – worunter sich das Küh rein gar nichts vorstellen konnte – und hatte vor lauter Starren auf den Bildschirm schon eckige Augen. Höchstwahrscheinlich war die Existenz von Bonifazius auf einen hochenergetischen Unfall bei dessen Herstellung zurückzuführen, anders ließen sich die Neigungen und Interessen des Schweins einfach nicht mehr erklären.

Dass es mit dieser Vermutung mehr als richtig lag, stellte das Küh überrascht fest, als es beim Stöbern in den hintersten Winkeln des Buchladens irgendwann auf die gebundene Jahresausgabe eines großen Wochenmagazins stieß. Eigentlich nur aus lauter Langeweile hatte es begonnen, in dem dicken Wälzer zu blättern, als sein Blick plötzlich auf eine Schlagzeile fiel: »*EXPLOSION IN EINEM TESTLABOR FÜR SPIELZEUG!*« Neugierig geworden, las das Küh den Bericht über das Unglück, bei dem zwar niemand verletzt worden war, das Gebäude selbst aber großen Schaden genommen hatte, bis es schließlich im Text hieß: »… liegen der Redaktion Aussagen von Mitarbeitern vor, wonach zum Beispiel Plüschtiere, die von den Folgen der Explosion nicht betroffen und unversehrt geblieben waren, doch noch in den Handel gelangt sein sollen. Dies ist mehr als ungeheuerlich, weil …«

Ein Bild unter dem Artikel schien die Ahnungen des erstaunten Kühs zu bestätigen: Es zeigte die Reste des Labors, und in einer Ecke, klein und kaum zu erkennen, lag eine Plüschgestalt mit dreieckigen Ohren und Ringelschwanz, die dem Küh mehr als bekannt vorkam. Bonifazius Schwein war also auch in den Handel oder vielmehr in die Buchhandlung gelangt, nachdem er bei dem Unglück durch die Verkettung bisher unbekannter chemischer und physikalischer Vorgänge zum Leben erweckt worden war. Das erklärte nun eindeutig die Experimentierfreudigkeit des Schweins. Es blieb nur die Frage offen, ob es vielleicht noch mehr lebendige Plüschwesen in irgendwelchen Läden gab, die diese mit ihrem Erfindergeist unsicher machten.

Der Juni war nun fast vorbei und um sich wenigstens etwas Zerstreuung zu verschaffen, hatte unser Küh begonnen, auch solche Bücher zu lesen, für die es sich vorher eigentlich weniger interessiert hatte: Es spielte bald nach Anleitung Schach gegen sich selbst, wobei es meistens gewann. Das Anlegen eines Bauerngartens sollte nach dem Studium der entsprechenden Literatur ein Kinderspiel sein, auch die Störungssuche an alten Autos würde ihm nun keine Probleme mehr bereiten, und selbst die schwierigsten Übungen aus dem Yogabuch wie »Das Jauchenfass« oder »Der Allradtraktor« wurden jetzt meisterhaft von ihm beherrscht. Tagsüber während der Ladenöffnungszeiten saß es auf seinem alten Platz neben der Registrierkasse, um von dort aus die Menschen im Geschäft zu beobachten und bei ihren Gesprächen zu belauschen. Außerdem konnte man von dort aus auch sehr gut dem Treiben draußen vor dem Schaufenster zusehen. Das Risiko, gekauft zu werden, schien dem Küh äußerst gering; seit dem Kauf des letzten Zwillingsschweins hatte keiner der Kunden auch nur einen Blick auf die restlichen Plüschtiere geworfen.

Eines Tages hörte es mit immer größer werdenden Ohren, wie Teresa mit Almut über ihren bevorstehenden Urlaub sprach – dem Urlaub mit Marie und dem »Hausschwein«, wie sie Bonifazius scherzhaft bezeichnete.

»Übermorgen wollen wir um diese Zeit schon am Bodensee in der Sonne liegen. Das Mädel ist schon ganz aufgeregt. Ihre größte Sorge ist, dass es dort keine Möglichkeit zum Reiten geben könnte«, erzählte die kleine Verkäuferin ihrer Kollegin. Das kleine Küh glaubte, nicht richtig gehört zu haben. Urlaub! Am See! Und weder Bonifazius noch Marie hatten bisher auch nur ein Sterbenswörtchen davon verlauten lassen. Waren denn Computer und Pferde wichtiger als ein einsames Küh in einer Buchhandlung? Die gemeinsamen Lese- und Erzählstunden – alle dahin und vergessen, so wie die kleine Plüschgestalt, die traurig und verlassen auf der Ladentheke hockte und sich vorzustellen versuchte, wie es am Bodensee wohl aussieht.

Zwei Nächte intensivster Recherche in der Reiseliteraturabteilung der Buchhandlung brachten die Erkenntnis: Dort, an diesem scheinbar riesengroßen See, musste es einfach alles geben, was sich ein wissbegieriges und unternehmungslustiges Küh nur vorstellen konnte: Palmen, Schiffe, hohe Berge – und jede Menge Kühe auf saftigen Weiden! Es schaute und staunte, blätterte und las, und irgendwann gegen Morgen – es war der erste Urlaubstag Teresas – war das kleine Küh so ermattet, dass es in einen Zustand verfiel, den es in seinem bisherigen Leben noch nicht kennengelernt hatte: Die Augen wurden immer kleiner, fielen ihm schließlich ganz zu und dann – schlief es über dem aufgeschlagenen Buch einfach ein. Noch nie hatte es bisher auch nur eine Spur von Müdigkeit bei sich wahrgenommen. Vielleicht war das Küh das plötzliche nächtliche Alleinsein ohne Bonifazius nicht gewöhnt, vielleicht war auch das kräftezehrende Bücherschleppen daran schuld, wer weiß. Jedenfalls schlief es tief und fest.

Und es träumte … von grünen Wiesen, auf denen friedlich eine Kuhherde weidete. Das Küh sah sich selbst im Gras sitzen, fühlte die warme Sonne auf seinem Bauch und den lauen Bergwind, als plötzlich eine große, braun gefleckte Kuh – sicherlich die Chefkuh – zu ihm herankam und mit tiefer Stimme sagte: »Und, kleiner Verwandter, möchtest du bei uns aufgenommen werden? Jedes Wesen braucht doch eine Gemeinschaft, in der es lebt und wo einer für den anderen da ist.« Und die einzige schwarz-weiße Kuh (wahrscheinlich eine Tourist-kuh, die hier die Ferien verbrachte) muhte: »Finde eine Familie, kleines Küh, bei der du bleiben kannst und die auf dich aufpasst. Suche dir deine Herde!«

Dann verschwanden die Kühe, Wiesen und Berge aus dem Traum des Kühs, es schlief auf seinem Buch und ahnte nichts von den Ereignissen, die unmittelbar bevorstanden und sein bisheriges Leben von Grund auf verändern würden.

An dieser Stelle machen wir einen gewaltigen Sprung von etwa 700 Kilometern nach Norden, und zwar zu den Patzelts ins Erzgebirge. Auch die hatten nämlich ihren ersten Urlaubstag, und der begann für die drei recht früh, noch bevor die Sonne hinter den Bergen hervorkam. Bis hinunter nach Tirol sollte es gehen, und Martin, der bekennende Frühaufsteher, blies angesichts der befürchteten Staus auf den Autobahnen schon kurz nach 3 Uhr zum Aufstehen. Sehr zum Ärgernis seiner »Weiber«, wie er Cäcilia und Anne manchmal scherzhaft nannte. Mutter und Tochter zeigten überhaupt kein Verständnis für diese nach ihrer Ansicht barbarische Maßnahme und taumelten missgelaunt und schlaftrunken durch die Wohnung. Schließlich wurde es Martin zu bunt, und er verkündete, dass er lieber das Gepäck im Auto verstauen wolle, als weiterhin die Gegenwart der beiden Morgenmuffel ertragen zu müssen. Der nagelneue Kombi, der vor dem Haus stand und nun mit den Koffern und Taschen beladen wurde, war von den Patzelts erst vor gut einer Woche beim Händler abgeholt worden. Obwohl er um einiges größer und geräumiger war als das alte Vehikel, mit dem es in der letzten Zeit nichts als Scherereien gegeben hatte, stellte Martin überrascht fest, dass er seine liebe Mühe und Not mit dem Unterbringen der Gepäckstücke hatte.

»Ich dachte, wir verreisen nur für 14 Tage und nicht für ein ganzes Jahr!«, stöhnte er, nachdem das Schließen der Kofferklappe erst nach einiger Umstapelei im dritten Anlauf gelang.

Eine Stunde später befand sich die kleine Reisegruppe schon auf der Autobahn in Richtung Süden. Die Stimmung im Auto war mittlerweile genauso prächtig wie das Wetter, zudem ging die Sonne gerade auf und tauchte die Landschaft in rotgoldenes Licht. Kein Wölkchen war am Himmel zu sehen, welches die gute Laune der drei hätte trüben können. Cäcilia, viel belesen, zitierte schließlich die passenden Worte: »Einen Morgen wie diesen sollte man in Watte packen, in eine Kiste stecken und dann, wenn der graue November mit seinem Nebelbart vor dem Fenster steht, herausholen und portionsweise genießen!«

Irgendwann wurde auf einem etwas abgelegenen Rastplatz gefrühstückt, und die Verkehrsnachrichten gaben Martin recht, denn inzwischen hatte sich anscheinend halb Deutschland auf die Reise begeben. An Stellen, welche die Patzelts vor über zwei Stunden passiert hatten, stauten sich nun die Fahrzeuge in kilometerlangen Schlangen. Frisch gestärkt und ausgeruht machte sich die Familie dann auf, um die nächste Etappe der Fahrt in ihren Tiroler Ferienort in Angriff zu nehmen.

Genau dort wurde unser Küh durch das Klappen der Hintertür des Ladens aus seinem Schlaf gerissen und fuhr erschreckt hoch. Was war bloß mit ihm passiert? Wieso waren ihm die Augen zugefallen? Und der Traum … Was hatte das alles zu bedeuten? Noch völlig benommen stellte es fest, dass Almut und eine junge Studentin, die als Vertretung für Teresa eingestellt worden war, bereits im Geschäft waren. Es gab nun keine Zeit mehr, das Buch wegzuräumen, stattdessen trippelte das Küh hastig zur Ladentheke und konnte sich gerade noch auf seinen Lieblingsplatz setzen, als die beiden Frauen auch schon aus dem Hinterzimmer kamen. Verwundert über das am Boden liegende aufgeschlagene Buch, hatte Almut gleich nichts Besseres zu tun, als ihrer neuen Mitarbeiterin von den unheimlichen Vorgängen in der Buchhandlung zu berichten. Diese verzog aber keine Miene und dachte sich so ihren Teil über die dürre Frau mit der Riesenbrille.

Die Ferienwohnung der Patzelts in einer ehemaligen Sägemühle am Stadtrand erwies sich als traumhaft schön. Cäcilia war nach einigem Suchen im Internet auf sie gestoßen, und jetzt wurde erfreut festgestellt, dass man einen wahren Volltreffer gelandet hatte. Die schon etwas älteren Wohnungsbesitzer waren überaus freundlich und um das Wohl der Gäste sehr besorgt, der Ausblick auf die nahe liegenden hohen Berge einfach überwältigend. Cäcilias gute Laune erhielt beim Auspacken der Koffer jedoch einen kleinen Dämpfer: Ihre gesamte Urlaubsliteratur lag noch zu Hause auf dem Nachttisch des Schlafzimmers. Für eine Leseratte wie sie, die sich auf das Lesen eines guten Buches während des Urlaubs so gefreut hatte, war das fast schon eine kleine Katastrophe.

»Macht doch nichts«, meinte ein durch scheinbar

nichts zu erschütternder Martin, »wir werden gleich eine erste Ortsbesichtigung durchführen. Unsere Gastgeber meinen, dass es in der Stadt eine Buchhandlung gibt. Da kann sich mein Frauchen für zwei Wochen eindecken.«

Cäcilia hätte ihm für das »Frauchen« den Hals umdrehen können, aber dass ihr Mann so besorgt um ihr geistiges Wohlergehen war, freute sie dann doch. In Wirklichkeit war sein Vorschlag gar nicht so uneigennützig, denn auch das scheinbar so unfehlbare Familienoberhaupt hatte seine Schmöker daheim liegen lassen. Also machte sich die ganze Familie zu Fuß auf eine Erkundungstour in den nahe gelegenen Ort. Der Buchladen war bald entdeckt und kurz darauf schlenderten die drei bereits durch die Regalreihen und Abteilungen des Geschäfts. Schließlich fand nach einiger Zeit jeder, wonach er gesucht hatte. An der Kasse warteten bereits einige Kunden, und Cäcilia sah sich noch einmal um, denn manchmal konnte man in der Nähe der Verkaufstheke noch ein preiswertes und interessantes Buch erspähen. Aber stattdessen blieb ihr Blick plötzlich an einer völlig anderen Sache hängen.

Das Küh hatte den ganzen Nachmittag über den tieferen Sinn seines Traumes nachgegrübelt und nebenbei die Kunden beobachtet, die heute recht zahlreich ins Geschäft kamen. Wahrscheinlich war der enorme Andrang mit dem Beginn der Ferienzeit zu erklären, den Almut heute früh verkündet hatte. Jetzt, eine knappe Stunde vor Ladenschluss, war eine Familie erschienen, welche aus folgenden Gründen die Aufmerksamkeit der kleinen Plüschfigur besonders auf sich zog: Mann, Frau und Tochter suchten und stöberten, blätterten und lasen, zeigten sich dann gegenseitig ihre auserwählten Bücher und freuten sich darüber. Sie lachten und waren einfach guter Dinge. Die drei machten einen netten und fröhlichen Eindruck und unterhielten sich in einem Dialekt, der dem Küh völlig unbekannt war. Dann, als sie an der Kasse warteten, erinnerte sich unser Plüschheld auf einmal erneut an die Worte der schwarz-weißen Touristkuh: »*Finde deine Familie!*«

Richtig, das war es!!! Und die dort sahen so aus, als ob man den Versuch wagen könnte, bei ihnen Herden- beziehungsweise Familienanschluss zu finden. Marie hatte ja ihre Pferde und Bonifazius den Computer und seine Experimente. Keiner der beiden hatte sich in letzter Zeit großartig um den kleinen Bewohner der Buchhandlung gekümmert. Keine Rede war mehr davon gewesen, das kleine Plüschküh zu kaufen, nichts wurde gesagt von einer gemeinsamen Ferienreise an den Bodensee. Es kam sich einfach nur verloren und vergessen vor. Aber nun wusste es genau, was es wollte: heraus aus dem Buchladen, hinaus in die Welt und zu jemandem gehören! Jetzt sofort! Und als sich die junge Frau noch einmal umschaute und ihr Blick auf das Küh fiel, blinzelte es mit seinen schwarzen Knopfaugen der erstaunten Cäcilia zu.

»Sie hat gezwinkert!«, raunte diese ihrem Mann aufgeregt ins Ohr. »Ich hab's genau gesehen!«

»Wer denn, um Himmels willen?« Martins Gedanken waren schon bei der für morgen geplanten ersten Bergtour.

»Die Plüschkuh da. Die hat gezwinkert. Wirklich!« Martin sah jetzt auch auf die kleine Figur, die neben der Kasse saß.

»Na ja, hm, ganz niedlich, aber sie ist doch nicht lebendig. Wie kann sie denn da zwinkern? Wer weiß, was du gesehen hast.«

Ihr glaubt ja gar nicht, was ich alles kann, dachte das Küh, saß aber weiterhin still da und schaute Cäcilia an.

»Egal«, meinte diese, »vielleicht habe ich mich ja geirrt. Aber sie sieht so einsam aus, meinst du nicht auch? Komm, wir nehmen sie mit!«

Almut bekam große Augen hinter ihrer großen Brille, als Martin beim Bezahlen schließlich fragte: »Ach, und die Plüschkuh da, was kostet die denn?«

»Ja, äh, mein Herr, die ist preislich gesenkt. Hm, wo ist denn das Schild? Wissen Sie, wir haben schon ewig keine mehr verkauft. Komisch, ja, da sagen wir mal, äh, 7 Euro oder ist Ihnen das zu teuer?«

»Nein, nein. Das geht schon in Ordnung. Sie können sie gleich mit in die Tüte zu den Büchern packen!« Martin zückte sein Portemonnaie und bezahlte.

»Tschüss, Buchladen! Und – Pfüüüti, Marie und Bonifazius!«, flüsterte das kleine Küh leise vor sich hin, als es von Almut in die Tüte gesetzt wurde. Nachdem es vor einigen Monaten in einem dunklen Karton recht unfreiwillig in den Laden gelangt war, wurde es nun in einer Tüte aus seiner vertrauten Umgebung hinausgetragen. Heute, nachdem es von jemandem gefunden worden war und es selbst seine Herde gefunden hatte – an seinem Findetag!

Vielleicht würden das Mädchen und das Schwein ihren Freund doch ein wenig vermissen nach all den gemeinsamen Erlebnissen, dachte es und nahm sich fest vor, den beiden irgendwie und irgendwann ein Lebenszeichen von sich zukommen zu lassen. Immerhin hatte das Küh dank der Geduld und Ausdauer der beiden sprechen, lesen und viele andere Dinge gelernt, die man in der großen weiten Welt da draußen unbedingt brauchte. Ein kleiner Kloß saß ihm im Hals, aber gleichzeitig wurde es auch von einer ungeheuren Vorfreude auf das Kommende erfasst. Jetzt war es an der Zeit, die Dinge hautnah zu entdecken, die es bisher nur auf Bildern oder durch die Schaufensterscheibe gesehen hatte.

Ach ja, und es musste seinen neuen Familienmitgliedern möglichst schonend beibringen, dass diese sich gerade eben kein gewöhnliches Plüschtier ausgesucht hatten. Aber die Gelegenheit dazu würde sich schon noch ergeben. Davon war unser kleiner Held im Moment jedenfalls felsenfest überzeugt.

Zehntes Kapitel

Urlaubsfreuden

Es wurde schon langsam dunkel, als sich die Patzelts endlich auf den Heimweg zu ihrer Ferienwohnung machten. Man hatte sich nach dem Einkauf im Buchladen noch Kartenmaterial für die bevorstehenden Bergwanderungen besorgt und anschließend in einem kleinen netten Gasthof gegessen, nicht ohne vorher die Gelegenheit zu einem ausgiebigen Stadtbummel zu nutzen. Das Küh saß die ganze Zeit in seiner Tüte, lauschte und schnüffelte, denn seine Sicht war sehr eingeschränkt und ein Ausblick praktisch nur nach oben möglich. Aber die neuartigen Geräusche und Gerüche um sich herum machten Lust auf mehr und weckten erneut seinen Entdeckergeist. Inzwischen hatte es auch die Namen der Mitglieder seiner auserwählten Familie mitbekommen und erfahren, dass die drei irgendwo aus Deutschland kamen und hier ihren Urlaub verbrachten.

Wieder in ihrer Unterkunft in der alten Sägemühle eingetroffen, beratschlagten die Patzelts, was man mit dem restlichen Teil des Abends anstellen könnte. Das Küh war indessen von Cäcilia vorsichtig auf die Lehne des Sofas gesetzt worden, nachdem es nochmals von Anne und Martin eingehend betrachtet und einstimmig als »cool« eingestuft worden war. Der erhöhte Sitzplatz war dem kleinen Küh von der Buchhandlung her vertraut; es konnte von dort aus, ohne den Kopf zu bewegen, den Raum überschauen und die Personen bei ihrem Treiben beobachten.

Cäcilia wollte noch ein wenig in ihrem gerade erworbenen Buch lesen und gesellte sich zum Küh aufs Sofa. Martin und Anne hatten zwischen den in der Wohnung vorhandenen Spielen gekramt und hielten plötzlich ein Schachbrett in den Händen. Beide waren begeisterte Spieler. Martin hatte seiner Tochter schon vor einiger Zeit die Regeln sowie Tricks und Kniffe beigebracht, sodass Anne mittlerweile ein durchaus ebenbürtiger Gegner war. Im Nu waren die Figuren aufgestellt, die Partie konnte beginnen. Selbst wenn die beiden heute zu keinem Ende kommen sollten, war das nicht weiter schlimm, da sie während des Urlaubs ja noch genügend Zeit hatten, einen Sieger zu ermitteln. Aber schon nach einer halben Stunde zeichnete sich ab, dass Anne heute sehr viel konzentrierter spielte und sie ihren Vater wohl in Kürze mattsetzen würde. Mit sehr viel Glück war eventuell noch ein Remis möglich. Vielleicht war die lange Autofahrt, verbunden mit dem frühen Aufstehen schuld, jedenfalls hatte Martin bereits beizeiten einige schwerwiegende Fehler begangen, die das Mädchen gnadenlos ausnutzte.

Das Küh verfolgte von seinem Sitzplatz aus aufmerksam, was sich auf dem Schachbrett tat. Durch die zahlreichen Partien, die es in der Buchhandlung mithilfe der entsprechenden Literatur gegen sich selbst gespielt hatte, konnte es das Dilemma sehr gut nachvollziehen, in das sich Martin da gebracht hatte. Die nächsten zwei oder drei Züge von ihm würden entscheiden, ob er gegen Anne verlor oder wenigstens ein Unentschieden schaffte. Das Küh war gespannt wie eine Sprungfeder, es fieberte mit, es flüsterte unhörbar in sich hinein:

»Setz das Pferd vor den König, na los, setz doch das Pferd!«

Aber Martin griff stattdessen nach langem Überlegen zu einem seiner beiden letzten Bauern.

»*Nein*«, rief das Küh lautlos, »*nein, das Pferd!!!*«

Pustekuchen, er wollte unbedingt den Bauern setzen. Das war zu viel für den kleinen Zuschauer auf der Sofalehne. Das Küh platzte, ohne dass es vorher noch großartig überlegte, heraus:

»*Nüüücht den Bauern, nimm doch das Pferd!!!*«

Das Erscheinen eines Geistes hätte in etwa die gleiche Wirkung auf die im Zimmer befindlichen Personen gehabt. Cäcilia ließ mit lautem Krachen ihr Buch auf den Fußboden fallen, Martin fegte mit einer sehr ungeschickten Handbewegung die Hälfte der Schachfiguren vom Brett, sodass die Partie nun endgültig zu Ende war, und Anne saß steif und regungslos mit weit aufgerissenen Augen auf ihrem Stuhl. Alle drei Patzelts starrten auf das Plüschküh, das sich in diesem Moment seiner Unbeherrschtheit wegen hätte ohrfeigen können. Aber nun war es dafür zu spät, jetzt konnte es nur noch Schadensbegrenzung betreiben. Und so zuckte das Küh hilflos mit den Schultern und piepste leise: »Ich …, ich meine …, ich wollte euch doch nüüücht erschrecken …«

Nach der allgemeinen Sprachlosigkeit folgte auf diese Bemerkung hin ein tumultartiges Geschnatter, alles plapperte durcheinander: »Es spricht, wieso spricht es denn? Und es kann sich bewegen, habt ihr's gesehen? Es hat sich bewegt, ganz von selbst. Lebt es? Wie geht denn das? Ist es gefährlich? Und überhaupt: *Was ist es???*«

Die Patzelts waren dermaßen verblüfft, dass sie nicht mehr von »der Plüschkuh« sprachen, sondern das Küh nur noch als »*Es*« bezeichneten, weil keiner so recht wusste, mit wem oder was man es denn hier zu tun hatte. Dann folgte wieder ratlose Stille, bis sich endlich Cäcilia ein Herz fasste, der Plüschfigur vorsichtig in den Bauch stippte und fragte: »Wer oder was bist du?«

»Ich bin das Küh. So hat damals die Näherin in China zu mir gesagt. Aber das ist lange her. Bonifazius Schwein aus dem Buchladen nannte mich manchmal auch Müh-Küh.«

Diese Antwort sorgte bei Martin, Cäcilia und Anne eher für noch größere Verwirrung als für Aufklärung. Fakt war: Sie hatten heute ein Exemplar einer offensichtlich lebendigen, sprechenden Plüschtierspezies erworben, welches sich als scheinbar ungefährlich erwies und wahrscheinlich nicht vom Mars stammte – immerhin hätte man es ja hier auch mit einer außerirdischen Kontaktperson zu tun haben können.

Das Küh spürte, dass seine neue Familie dringend einiger Erklärungen bedurfte, also begann es von sich aus zu berichten: von der Spielzeugfabrik und seinen ersten Erinnerungen; von der grässlichen Reise im Container und dem Eintreffen in der Buchhandlung; von Bonifazius und Marie sowie von den Erlebnissen im Geschäft und von seinen Sehnsüchten, seinem Entdeckerdrang, der Einsamkeit in den letzten Wochen und dem Traum von »seiner Herde«.

Eine Weile war es wieder ganz still im Zimmer. Dann räusperte sich Martin und meinte mit leicht belegter Stimme: »Tja, hm, wenn das so ist, und, na ja, immerhin passiert so was auch nicht alle Tage, da können wir ja gar nicht anders …«

»Was er sicherlich sagen will«, fiel ihm, von der Stotterei leicht genervt, Cäcilia ins Wort, »ist: Natürlich kannst du, wenn du willst, bei uns bleiben. Wir sind eigentlich eine recht unternehmungslustige Truppe, bei der es dir bestimmt nicht langweilig würde. Also, wenn du möchtest …«

Weiter kam Cäcilia nicht. Das Küh hopste vor Freude wie ein Gummiball auf dem Sofa herum, seine schwarzen Knopfaugen glänzten wie lange nicht mehr, es klatschte mit seinen braunen Plüschpfoten und jubelte: »Ich habe eine Famüüülie, ich habe eine Famüüülie!«

Es dauerte eine Weile, bis sich das neue Mitglied der »Patzelt'schen Herde« wieder etwas beruhigt hatte. Nach diesem ersten Freudentaumel fragte plötzlich Anne: »Was ich noch wissen wollte: Wovon ernährst du dich denn eigentlich normalerweise, MühKüh?«

»Och, ich bin sehr anspruchslos«, erwiderte dieses. »Neue Eindrücke, schöne Erlebnisse, interessante Bücher – viel mehr brauche ich nicht. Und immer ein wenig Unterhaltung oder etwas Gesellschaft. Ich glaube, damals in meiner Kiste, da wäre es mit mir fast zu Ende gegangen, als alle diese Dinge fehlten. Vielleicht könntet ihr dafür sorgen, dass ich immer regelmäßig eine kleine Portion davon bekomme, ja???« Das kleine Plüschtier sah die drei Patzelts erwartungsvoll an.

»Das dürfte sich einrichten lassen«, meinte Martin. »Morgen steht schon unsere erste Wanderung auf dem Plan, da wirst du sicher Augen machen. Hm, ich wollte heute noch in den Karten nachsehen, wie wir eigentlich auf diesen Berg kommen … Na, macht nichts. Dann erledigen wir das eben vor dem Frühstück.«

»Brauchst du eine Schlafgelegenheit, kleines Küh?«, wollte Cäcilia wissen. »Schläfst du denn überhaupt?«

Darauf angesprochen meinte dieses nachdenklich: »Ja, komisch, das ist mir letzte Nacht zum allerersten Mal passiert. Vorher noch nüüümals! Ich weiß auch nicht, warum und wieso. Mir sind einfach die Augen zugefallen, und dann sind mir die Chefkuh erschienen und die Touristkuh …«

Da keiner so recht wusste, ob und wann dieser Zustand wieder über unseren Helden hereinbrechen würde, einigte man sich darauf, nun gemeinsam zu Bett zu gehen, wobei das Küh vorerst ein Lager neben Cäcilias Kopfkissen erhielt. Diese bestand kategorisch auf dieses Privileg, immerhin war sie es ja, die das Plüschtier im Buchladen entdeckt hatte!

Der lange Tag forderte schließlich seinen Tribut; Anne in ihrem separaten Zimmer und die Eltern im großen Doppelbett waren im Nu eingeschlafen. Die kleine gefleckte Gestalt dagegen grübelte noch eine Weile, worin der Sinn des Schlafes bestand und wie man merkte, dass er über einen kam. Vielleicht passte man sich ja einfach nur den Lebensgewohnheiten seiner Mitmenschen an. Oder vielleicht … Tja, und bei diesem Gedanken angekommen, schlummerte das Küh mit einem wohligen Gefühl der Geborgenheit ganz sanft ein.

Am nächsten Morgen dachte es zunächst, alles nur geträumt zu haben. Aber der Rundumblick bestätigte, dass alles Realität war: Anne war schon mit frischen Brötchen vom Bäcker zurück, und Martin und Cäcilia standen am Bett und sahen schmunzelnd und staunend zu, wie das Küh sich reckte und streckte und dann einige Lockerungsübungen vollführte.

Das Familienoberhaupt verkündete beim anschließenden Frühstück gut gelaunt, dass heute die Bezwingung des Hausberges mit immerhin über 2000 Metern Höhe auf dem Programm stünde (großes Aufstöhnen der anwesenden Damen!), man aber für einen Teil der Strecke eine Seilbahn benutzen könnte (erleichtertes Aufatmen!). Die Rucksäcke wurden gepackt, das Küh erhielt einen Logenplatz in einer von Martins Seitentaschen. Mit seinen kurzen Beinen und den weichen Plüschpfoten hätte es ohnehin nicht mit den Patzelts Schritt halten können. Alles, was es bei dieser ersten Wanderung sah, war für das Küh neu und aufregend und schön, unfassbar schöner als in den Büchern, die es gelesen und als auf den Bildern, die es stundenlang betrachtet hatte: die Stadt, durch die anfangs marschiert wurde, die Wiesen, Felder und Wälder, an denen es vorbeiging, die Sonne am strahlend blauen Himmel, die hell und warm herunterlachte. Bei jeder neuen Sache, die das kleine Plüschtier entdeckte, entfuhr ihm ein lang gezogenes »Ooooooh!!!«, und da es ständig etwas Neues sah, machte es aus Martins Rucksack auch fast ununterbrochen »Ooooooh!!!«.

Plötzlich kam die Wandergruppe auf eine Herde grauer, brauner und gefleckter Kühe zu. Fast wäre das Küh vor lauter Aufregung aus der Seitentasche geplumpst, so begeistert war es vom Zusammentreffen mit seiner großen Verwandtschaft. Der Traum über dem aufgeschlagenen Buch im Geschäft fiel ihm wieder ein. Selbst die schwarz-weiß gefleckte Touristkuh lag gemütlich kauend im Gras und wunderte sich sehr über das Interesse der Zweibeiner an ihr und ihren Artgenossen.

Mit der Seilbahn ging es dann steil hinauf in Richtung Gipfel, wobei dem Küh etwas komisch zumute wurde.

Immerhin hatte es mit dieser Art Verkehrsmittel noch keinerlei Erfahrungen, und die Geschwindigkeit, mit der sich die Häuser, Bäume und Menschen da unten verkleinerten, kam ihm unheimlich vor. Schließlich war die Bergstation erreicht und die Patzelts nahmen den letzten Kilometer zum Gipfelkreuz in Angriff. Dort wurden alle für die Strapazen mit einem grandiosen Ausblick auf die umliegenden Berge und Täler belohnt.

»Ich bin jetzt das höchst gestiegene Küh der Welt!«, verkündete überglücklich das kleinste Mitglied der Patzelt'schen Bergexpeditionsgruppe, als es nach dem endlosen Staunen und den »Ooooooh!«-Rufen wieder ganze Sätze herausbrachte.

»Äh, ach so, übrigens: Wie heißt denn der Berg hier überhaupt???«

Es war kaum zu glauben: Vor lauter neuen Eindrücken, die quasi im Sekundentakt auf unser Küh hereinprasselten, hatte es noch gar nicht mitbekommen, welcher Gipfel von ihm – na, sagen wir fast im Alleingang – bezwungen worden war. Martin, Cäcilia und Anne konnten dem kleinen Kerl das einfach nicht übel nehmen, immerhin entdeckte hier jemand gerade die Welt im Zeitraffertempo.

»Das ist der Rote Flüh, MühKüh«, erklärte Cäcilia, worauf das Küh begeistert in seine Pfoten klatschte und zu singen begann: »Ich habe den Flüh bezwungen! Großer Flüh und kleines Küh und große Müh …«

Leider war die außergewöhnliche Szenerie von jemandem beobachtet wurden: Ein junger Bursche, vielleicht ein oder zwei Jahre älter als Anne, kam von seiner Gruppe herüber und betrachtete interessiert Martins Rucksack oder besser gesagt den singenden und schwatzenden Inhalt seiner Seitentasche.

»Ey, Meesta, wat iss denn det da für 'ne drollige Plüschrolle?«, wollte er wissen und wäre vor Neugier dem Küh mit seiner pickligen Nase fast ins Ohr gekrochen. »Funktioniert det mit Solarzelle oder wat, hä?« Martin war die Ruhe selbst. »Nein, nein, das ist die spezielle Züchtung einer Taschenkuh. Für die kleine Milchportion zwischendurch, sozusagen. Leider hat sie eine sehr aggressive Art des Rinderwahnsinns entwickelt. Wir sind inzwischen dagegen geimpft, aber ein Bekannter von mir ist schon in der Irrenanstalt …«

Weiter kam er nicht. Blass vor Entsetzen stolperte der Junge davon und rief seinem Freund schon von Weitem zu: »Atze, um Jottes willen, ick gloob, ick hab mir jerade janz dolle infiziert!!! Kiek ma, ob mer uffn Kopp schon Hörner wachsen tun!!!«

»Du kannst ja unerhört fürchterlich lüüügen!«, bemerkte das Küh erstaunt, während sich Cäcilia und Anne vor Lachen krümmten. Die Aktion war typisch Martin; der Schalk saß ihm sozusagen ständig im Nacken. Ein Erinnerungsfoto – Familie vor Gipfelkreuz – wurde geschossen, um den historischen Augenblick für die Nachwelt festzuhalten. Anschließend picknickte man ausgiebig. Während der ganzen Zeit hatte das Küh seinen Vers von Flüh und Müh geträllert, bis irgendwann Martin – mehr aus Spaß – meinte: »Da haben wir jetzt also ein FlühMühKüh.«

Alle Patzelts schauten nach dieser scheinbar nur so nebenbei hingeworfenen Äußerung überrascht auf das Küh, welches plötzlich seinen Text geändert hatte und vor sich hin sang: »Ja, ich bin das FlühMühKüh und ich mach immer Müh, trallala FlühMühKüh …«

»FLÜHMÜHKÜH?!«, riefen Martin, Cäcilia und Anne wie aus einem Mund.

Genau, und dabei blieb es. Man hatte es ja schließlich mit einem außergewöhnlichen Wesen zu tun, da durfte es auch einen außergewöhnlichen Namen bekommen. Und mit dem war das kleine Plüschtier mehr als zufrieden, auch wenn sich später bei einigen Mitmenschen beim Aussprechen desselben die Zunge verknoten wollte.

Irgendwann machte sich die Familie auf den Rückweg in Richtung Bergstation. Dort, im Souvenirgeschäft, kaufte Martin einen kleinen Anstecker aus Metall, auf dem »Rote Flüh« und »2108 Meter« eingraviert waren, und überreichte ihn feierlich dem kleinen Küh. Dessen Augen glänzten mit der Sonne um die Wette, es nahm das Geschenk in seine Plüschpfoten und ließ es den ganzen restlichen Tag nicht mehr los.

Ein fantastischer Urlaubstag reihte sich nun an den nächsten. Man machte Ausflüge mit dem Auto, wobei das FlühMühKüh einen Platz auf der Armlehne zwischen den Vordersitzen erhielt. Sie fuhren mit einem Schiff auf dem nahe gelegenen See. Trutzige Schlösser und Burgen wurden im Handstreich erobert und anschließend eine Raubvogelschau besucht, bei der das Küh sicherheitshalber fast gänzlich in Martins Jackentasche verschwand. Nur zur Vorsicht. Am Ende könnte ja einer der Adler oder Falken großen Hunger haben und das FlühMühKüh mit einem Hamster oder einem Kaninchen verwechseln.

So vergingen zwei Wochen wie im Flug, und irgendwann kam der letzte Tag, an dem die Patzelts das kleine Küh fragten: »Willst du morgen wirklich mit uns fahren? Oder möchtest du wieder zurück, zu Marie und Bonifazius?«

Aber dessen Entscheidung stand schon lange fest: »Nein, nein, ihr seid meine Famüüülie, also komme ich mit euch. Ich würde nur gerne noch einmal in der Buchhandlung vorbeischauen. Vielleicht kann ich mich ja von den beiden verabschüüüden.«

So machte man sich auf den Weg zum Geschäft. Doch von Almut erfuhren die Patzelts, dass Teresa – und somit auch das Mädchen und Bonifazius – erst Anfang der kommenden Woche aus dem Urlaub zurückkämen. Martin, Cäcilia und Anne waren ein wenig ratlos. Immerhin war es verständlich, dass ihr kleines Familienmitglied seinen Freunden Lebewohl sagen wollte. Nur wie? Da fiel dem Küh etwas ein: »Ich brauche Zettel und Stift!«, wisperte es Martin unauffällig zu. Anschließend schrieb es in der oberen Etage der Buchhandlung – zwar ein wenig krakelig, jedoch lesbar: *»Ich habe jetzt eine Familie, bei der ich lebe. Bleibt gesund und Pfüati! Das FlühMühKüh«*.

Unten vermerkte Martin noch die Anschrift und die Telefonnummer der Patzelts. Dann legte das Küh den Zettel im inzwischen verlassenen Versteck hinter dem Regal ab.

Nun war alles erledigt, was zu erledigen war. Morgen würde das FlühMühKüh mit seiner neuen Familie auf große Reise gehen, in seine neue, freiwillig gewählte Heimat, von der es noch so wenig wusste. Sicher, ein bisschen Wehmut überkam unseren Plüschhelden schon

beim Verlassen »seines« Buchladens. Dann jedoch über-
wog die Vorfreude auf die morgige Fahrt, also begann es
in Martins Jackentasche, wieder sein Liedchen zu sum-
men: »Ich bin das FlühMühKüh, trallala, FlühMüh-
Küh …« Dabei war es restlos glücklich und zufrieden
mit sich und seiner Welt.

Elftes Kapitel

Kühnapping

Eigentlich wäre hier ein schöner Schluss für unsere Geschichte: Das FlühMühKüh fährt mit seiner Familie nach Hause, unternimmt tolle Ausflüge und interessante Reisen, lernt viele neue Dinge kennen, und wenn es nicht gestorben ist …

Nein, so endet vielleicht ein Märchen, aber nicht diese Erzählung. Denn das richtige, das wahre Leben hält immer irgendwelche Überraschungen bereit, gute und bedauerlicherweise auch schlechte. Tja, und genau an dieser Stelle des Buches treten nun – leider – zwei Figuren in Erscheinung, deren verwerfliches Treiben den Patzelts und vor allem unserem Küh noch einigen Kummer bereiten sollte.

Kuno und Konrad Greifzu waren Brüder, die ihrem Namen alle (Un)Ehre machten: Sie griffen zu, und zwar bevorzugt in die Taschen fremder Leute, die sie vorher durch irgendwelche Tricks ablenkten und die ihre Unvorsichtigkeit mit dem Verlust ihrer Brieftaschen, Portemonnaies und Auto- oder Wohnungsschlüssel bezahlten. Von Charakter und Statur her konnten die beiden Taschendiebe nicht unterschiedlicher sein und wurden daher auch während der kurzen Zeit, die sie an einer Schule verbrachten, treffenderweise »Dick und Doof« genannt. Kuno war mit seinen 110 Kilo Lebendgewicht der Kopf dieser Zwei-Mann-Bande. Er spähte die Opfer aus und lenkte sie meist mit vorgetäuschten Schwächeanfällen ab. Dann trat Konrad in Aktion, dürr wie eine Zaunlatte und seinen Bruder um Haupteslänge überragend, und erleichterte die besorgten und Hilfe leistenden Bürger mit geschickten Handgriffen hinterrücks um ihr Eigentum. Er tat nur das, was der dicke Kuno ihm befahl, und war ohne ihn völlig hilflos. Beide waren schon mehrmals von den Gesetzeshütern auf frischer Tat ertappt worden, und bei der letzten Verhandlung hatte der Richter ihnen im schönsten Bayerisch unmissverständlich erklärt, »die Brüder Greifzu werden beim nächsten Vergehen, und sei es noch so geringfügig, für ein paar Jahre nach Stadelheim in den Knast einfahren, Himmelsakrament noch mal!!!« Natürlich heuchelte man Reue und blieb während der Bewährungszeit brav, aber weder Kuno noch Konrad wurden durch diese Drohung ernsthaft von neuen Taten abgeschreckt.

Heute, an diesem schönen Samstag, wollten sie schon beizeiten zu den zahlreichen Volksfesten, die jetzt ringsum in allen größeren und kleineren Ortschaften stattfanden. Dort würden sich dank der großen Menschenansammlungen schon genügend Gelegenheiten ergeben, um das eine oder andere Stück mitgehen zu lassen. Da sie bereits eine Weile unterwegs waren, verspürten beide beträchtlichen Hunger, und so steuerten sie ihr schrottreifes Cabrio auf einen Rastplatz an der Autobahn in der Nähe von München. Eigentlich war es ein Wunder, dass die klapprige rostbraune Karre das Gewicht von Konrad und – vor allem – Kuno noch so tapfer ertrug und nicht schon längst zusammengebrochen war. Selbst das Verdeck, welches sich heute dank des schönen Wetters zusammengepackt hinter den Sitzen auftürmte, wies mehr Löcher als Stoff auf und konnte einem Regenguss nicht sehr viel entgegensetzen. Die Greifzu-Brüder mussten sich also in nächster Zeit nach einem anderen Wagen umsehen, wenn sie mobil bleiben wollten. Zumindest stand das Wort »Auto« ganz oben auf ihrer Beschaffungsliste.

Nachdem sich die beiden also gestärkt hatten, standen sie noch ein wenig neben ihrer Rostlaube, paffen ihre Zigaretten und schauten den Fahrzeugen zu, die auf den Rastplatz rollten. Vielleicht ergab sich ja hier im allgemeinen Trubel die Möglichkeit für einen »Zugriff«, wie Kuno grinsend verkündete. Und so sahen sie auch einen voll beladenen blauen Kombi, der gerade neben den anderen Personenwagen einparkte …

Ganz so zeitig wie vor zwei Wochen ihren Aufbruch hatten die Patzelts ihre Heimreise nicht gestartet, trotzdem würde man heute die Stellen, an denen gewöhnlich mit Staus zu rechnen war, schon beizeiten passieren, noch bevor die Rückreisewelle aus dem Süden einsetzte. Also hatte Martin die Familie etwas länger schlafen lassen, was ihm Cäcilia und Anne mit glänzender Laune dankten. Das FlühMühKüh schien ohnehin den Begriff »Morgenmuffel« überhaupt nicht zu kennen. Es war vom Reisefieber erfasst worden und packte die zahlreichen Andenken wie Abzeichen, Stocknägel und Gesteinsbrocken mindestens zehnmal in sein kleines Köfferchen ein und wieder aus. Anne hatte einen Teil ihres Urlaubsgeldes für dieses Utensil geopfert und nebenbei bemerkt, dass »ein einziges Gepäckstück für ein reiselustiges Küh ja normalerweise noch zu wenig ist«.

Nun, während der Fahrt, saß das FlühMühKüh auf der Armlehne, die mittlerweile zu seinem Stammplatz geworden war. In den Pfoten hielt es eine kleine Straßenkarte, die Martin irgendwo aufgetrieben hatte. Eigentlich war diese nur als Zeitvertreib gegen die Langeweile gedacht, aber schon nach den ersten Kilometern war die ganze Familie überrascht, wie zielsicher und genau das kleine Plüschtier Martin mithilfe der Karte durch das Straßengewirr lotste. Dabei benutzte es zur allgemeinen Erheiterung solche Sätze wie »Dem Straßenverlauf seeehr lange folgen« oder »Bütte rechts halten«, was durchaus an ein Navigationssystem erinnerte. Doch auch ohne Karte und seine Beschäftigung als »FlühMühNavüh« wäre dem Küh sicherlich nicht langweilig geworden, wie seine ständigen Bemerkungen – »Ooooooh, eine Brücke ...«, »Ooooooh, diese hohen Berge ...«, »Ooooooh, eine Burg ...« – bewiesen.

Als man endlich nach zwei Stunden die vermeintlichen Staufallen, die dann doch keine waren, passiert hatte, wurde einstimmig beschlossen, am nächsten Rastplatz anzuhalten und dem eingepackten Proviant zu Leibe zu rücken.

»Ich möchte lieber im Auto bleiben und mir noch ein wenig die Fahrtroute ansehen«, verkündete das FlühMühKüh, als Martin den Kombi auf dem Parkplatz zum Stehen brachte. Es kletterte nach hinten auf die Rückbank und entfaltete seine Karte, um einen besseren Überblick zu haben.

»Na, schön, wie du willst«, meinte Cäcilia. »Wir sind ja in der Nähe, wenn etwas sein sollte.« Dann schnappte sie sich die Tasche mit den Leckereien, Martin schloss den Wagen ab und alle stapften davon zu einem der Picknicktische unter einer Baumgruppe in unmittelbarer Nachbarschaft zu den Parkplätzen. Dort angekommen bemerkte die kleine Reisegesellschaft jedoch, dass man die Getränke im Kofferraum vergessen hatte. Martin opferte sich und trabte die knapp 50 Meter zurück zum Auto. Während er einige Saftflaschen ergriff, fragte er das Küh, ob es nicht doch noch mitkommen wollte. Aber das hockte schwer beschäftigt über seiner Karte.

»Nein, nein, ich habe doch hier genüüügend Zerstreuung. Macht euch nur keine Sorgen«, war die Antwort.

Martin zuckte mit den Schultern, fingerte mühsam mit seinen vollbepackten Händen den Wagenschlüssel heraus, verschloss die Tür und ließ den Schlüssel – ein bisschen umständlich – in seine Hosentasche zurückgleiten. Genauer gesagt, Martin dachte, dass er dort gelandet wäre. In Wahrheit rutschte er außen an der Tasche vorbei und plumpste unbemerkt ins Gras.

Zwei interessierte Augenpaare hatten den ganzen Vorgang gespannt verfolgt.

»Hast du das gesehen?« Kuno stieß seinem Bruder den Ellenbogen so heftig in die Rippen, dass dieser fast umgefallen wäre. »Ja klar, ich habe auch Durst«, plärrte Konrad zurück. »Wie wär's denn jetzt mit einem schönen kalten Bier?«

Wie gesagt, Konrad Greifzu war im Denken nicht gerade der Schnellste.

»Quatsch, Bier!«, herrschte ihn sein dicker Bruder an. »Ich meine, dass sich für uns in kurzer Zeit das Problem mit einem neuen Wägelchen erledigt hat! Los, du

Nachtmütze, schnapp dir unauffällig den Schlüssel! Ich fahre mit unserer Karre vorneweg, du hängst dich hinten dran. Die können ihr Auto von dort momentan nicht sehen, der Lastzug da verdeckt sehr schön die Sicht. Also hopp, avanti!«

Und während Martin die Flaschen auf den Picknicktisch stellte, waren die Ganoven schon auf dem Weg zum Parkplatz. Kuno sprang in das Cabrio, Konrad ließ sich auf den Fahrersitz des blauen Kombis fallen, und beide gaben Gas, sodass die Autos vom Rastplatz auf die Autobahn schossen, ohne dass die Patzelts irgendetwas von dem dreisten Diebstahl bemerkten.

Das FlühMühKüh dachte zuerst, Martin wäre schon wieder zurückgekommen, als jemand die Fahrertür aufriss. Aber der dürre Kerl da, der den Motor anließ und dann wie ein Irrer davonraste, war dem kleinen Küh völlig unbekannt. Durch die rasante Beschleunigung verlor es den Halt und wurde von der Rückbank in den hinteren Fußraum geworfen, wo es zunächst liegen blieb. Konrad hatte in der Eile seinen Fahrgast total übersehen; er jagte hinter Kuno auf der linken Spur der Autobahn dahin, drängelnd und alles überholend, was sich ihnen an Fahrzeugen in den Weg stellte. So kamen die beiden Brüder sehr zügig etwa 20 Kilometer voran …

Unser Plüschheld hatte sich indessen im Fußraum aufgerappelt und messerscharf kombiniert, dass der da am Lenkrad das schöne neue Auto der Patzelts stehlen wollte. Dieser Gedanke ließ das kleine Küh so zornig werden, wie man es ihm sicherlich niemals zugetraut hätte. Es kletterte mühsam zwischen die Vordersitze, dann nach oben auf die Armlehne. Dort stellte es sich hin, stemmte die Vorderpfoten in die Seite und muhte entrüstet den immer noch ahnungslosen Konrad an: »*Was fällt Ihnen denn ein, unser Auto zu stehlen, Sie gemeiner Düüüb!!!*«

Konrad Greifzu fuhr entgeistert herum, kreischte »Iiiiih!!!« und fegte mit einer abrupten Handbewegung das arme Küh wieder auf die Rücksitze. Ungläubig starrte er nach hinten, um zu erkennen, was ihn da eben beschimpft hatte. Doch diese reflexartige Handlung erwies sich als schwerwiegender Fehler.

Weil der Reifen eines vor ihm fahrenden Lastwagens in Brand geraten war und sich die losen Gummistücke auf der Fahrbahn verteilten, musste Kuno in diesem Moment eine Vollbremsung hinlegen. Dieses Manöver kam nun für den ohnehin nicht sehr reaktionsschnellen Konrad völlig überraschend. Sein Kopf sauste zwar herum, auch konnte er noch einigermaßen die Geschwindigkeit verringern, rechtzeitig zum Stehen brachte er das Auto aber nicht mehr. Der schöne neue Kombi der Patzelts krachte in das Heck des Cabrios der Greifzu-Brüder und verwandelte beide Fahrzeuge in Bruchteilen einer Sekunde in Schrott. Konrad, der bis dahin noch keine Zeit zum Anschnallen gefunden hatte, sauste nach vorn, durchbrach mit der Nase voran die Frontscheibe und schlug wie eine Rakete in der Rückenlehne von Kunos Sitz ein, wodurch er mehrere Zähne seines schlecht gepflegten Gebisses sowie das Bewusstsein verlor. Sein dicker Bruder blieb zwar einigermaßen unversehrt, wurde aber durch den Aufprall so zwischen Lenkrad und Sitz eingeklemmt, dass er ohne fremde Hilfe das Wrack nicht mehr verlassen konnte.

Leider unterlag auch unser FlühMühKüh dem Trägheitsgesetz. Es rauschte durch die kurz vorher von Konrads Kopf zerstörte Frontscheibe, nahm jedoch durch sein geringes Gewicht eine andere Flugbahn und landete ziemlich derb auf der Straße, wo es unter den Blechhaufen kullerte, der einmal das Greifzu-Auto gewesen war.

Nun sollte man meinen, dass einem Plüschtier – weich gepolstert, wie es ist – ein solcher Aufschlag nichts ausmachen kann. Das mag vielleicht für eine gewöhnliche Variante zutreffen, aber dazu zählte unser FlühMühKüh ja auf gar keinen Fall. Ihm wurde es sehr schnell sehr schwarz vor seinen Knopfaugen und plötzlich war nur noch tiefe Nacht um es herum.

Zwölftes Kapitel

Eine glückliche Heimkehr

Derweil standen die Patzelts fassungslos auf dem Rastplatz vor einer leeren Parklücke, in der normalerweise ihr Wagen hätte stehen müssen. Doch der war weg und mit ihm all ihre Sachen. Und was noch viel, viel schlimmer war: Zusammen mit dem Auto hatte man auch ihr FlühMühKüh gestohlen!!! Martin machte sich schwere Vorwürfe; er hatte inzwischen bemerkt, dass der Autoschlüssel nicht mehr in seiner Hosentasche steckte.

Weit konnten die Diebe aber noch nicht gekommen sein, wie ihnen die eilig herbeigerufene Polizeistreife versicherte. Dies war für die Familie jedoch nur ein schwacher Trost. Das verschwundene Fahrzeug wurde umgehend zur Fahndung ausgeschrieben. Mehr konnten die Polizisten vorerst nicht tun. Martin, Cäcilia und Anne fuhren mit zur Wache, wo ein Protokoll aufgenommen werden sollte. Außerdem mussten sich die Patzelts ein Ersatzfahrzeug für die Heimreise organisieren.

An der Unfallstelle wiederum waren inzwischen Polizei, Feuerwehr, Rettungswagen und zwei Abschleppfahrzeuge eingetroffen.

»Nein, wen haben wir denn da?«, fragte grinsend einer der Polizeibeamten, als er die Greifzu-Brüder erkannte. »Na, mal wieder auf Diebestour unterwegs?« Dank einer Nachfrage in der Zentrale wusste er bereits, dass der blaue Kombi als gestohlen gemeldet war.

Konrad, der das Bewusstsein wiedererlangt hatte, wollte einen schwachen Protest von sich geben, konnte aber aufgrund der fehlenden Zähne nur undeutlich nuscheln. Eine Gehirnerschütterung schloss der anwesende Arzt bei ihm mit der Begründung »Wo nix iss …« kategorisch aus. Auch Kuno, der seinen Bruder lautstark mit »Blöder Hammel!« beschimpfte und ihn für das Scheitern des Unternehmens verantwortlich machte, wurde aus seiner Zwangslage befreit, und beide durften, nachdem sich ihre Verletzungen als nicht besonders schlimm herausstellten, in einem Funkstreifenwagen Platz nehmen, der die zwei Ganoven auf das Polizeirevier in eine Zelle brachte.

Dann traten die Abschleppwagen in Aktion. Da sich an diesem Samstag schon jede Menge Unfälle und Pannen ereignet hatten, musste man dazu die letzten beiden verfügbaren Fahrzeuge aus der näheren Umgebung herbeiholen. Letztendlich spielte es auch keine Rolle, dass zwei Unternehmen mit der Bergung der Wracks betraut wurden. Hauptsache, die Autobahn konnte so schnell wie möglich wieder freigegeben werden. Also nahm das Fahrzeug der Firma Knecht den zerknüllten Kombi der Patzelts huckepack, während der Fahrer von Holzner & Sohn sich um die Beseitigung der Reste des Cabrios kümmerte.

Paul Bachweber, ein großer kräftiger Mann mit grauem Haar und buschigem Schnurrbart, war eigentlich durch nichts mehr zu erschüttern. Etwas über 60 Jahre alt arbeitete er seit nunmehr fast 40 Jahren für das Abschleppunternehmen Holzner & Sohn. Er hatte in dieser Zeit viel erlebt und die Folgen unzähliger schlimmer Unfälle auf den Straßen und Autobahnen gesehen. Seine Firma musste regelmäßig die traurigen Überbleibsel der ehemals so tollen und schnellen Autos einsammeln. Deren Besitzer vertrauten meistens zu oft den technischen Raffinessen der modernen Wagen; sie schalteten ihren Verstand aus und meinten, dass es die elektronischen Helferlein schon richten würden, falls es brenzlig werde. Teilweise waren die Leute so verrückt, dass sie ihr Fahrzeug, ohne zu überlegen, mitten auf der Autobahn wendeten, wenn ihnen ihr Navigationssystem das mit seiner Computerstimme befahl.

So sah also der »technische Fortschritt« in der heutigen Zeit aus. Bachweber verstand manchmal einfach die Welt und die Menschen nicht mehr. In ein oder zwei Jahren wollte er in Rente gehen, dann würde er sich um den Garten und sein Häuschen kümmern, in dem er seit dem Tod seiner Frau allein lebte. Und endlich den alten VW Käfer fertig restaurieren, der schon lange in der Garage auf seine Wiedergeburt wartete. Das war in seinen Augen wenigstens ein ehrliches Stück Technik, dessen Funktion man mit ein bisschen Verständnis noch nachvollziehen konnte.

Jetzt, beim Einsammeln der Trümmerteile des Cabrios, war er in Gedanken schon wieder daheim bei seinem »Patienten«, als er plötzlich ein leises Wimmern vernahm, das sich fast wie das Muhen einer Kuh anhörte – oder eher wie »Müh«?! Er ging dem Geräusch nach und wirklich: In Höhe des rechten Vorderrades lag unter dem Wagen etwas Kleines, Geflecktes, das diese Laute von sich gab.

Aber so kleine Kühe gibt es doch gar nicht, dachte sich der Bachweber und näherte sich vorsichtig dem unbekannten Ding.

Tatsächlich – das da war eine Kuh. Zwar aus Plüsch und sehr schmutzig, doch es bestand kein Zweifel. Der Abschleppfahrer war für einen Moment ziemlich verblüfft. Das Plüschtier war höchstwahrscheinlich aus dem Auto geschleudert worden und klebte mit den Hinterpfoten auf einer durch die sommerliche Hitze weich gewordenen Asphaltfuge der Fahrbahn, von der es sich aus eigener Kraft scheinbar nicht lösen konnte. Es brauchte Hilfe, das stand fest. Warum es überhaupt wimmern konnte, interessierte Paul Bachweber in diesem Augenblick herzlich wenig. Vorsichtig befreite er den kleinen Kerl aus seiner misslichen Lage und setzte ihn auf den Beifahrersitz seines Lkw.

»Ihr Kombi ist gefunden worden«, sagte Polizeihauptmeister Anton Grießgrämer zu den vor ihm sitzenden Patzelts. »Aber leider ist das Fahrzeug nur noch Schrott. Die Diebe hatten damit einen Unfall. Ein Wagen von uns wird Sie gleich zur Bergungsfirma Knecht bringen. Dort können Sie Ihr Gepäck in Empfang nehmen. So weit ich informiert bin, müsste noch alles da sein. Und Ihr Ersatzauto wird anschließend auch dorthin gebracht.«

Martin, Cäcilia und Anne waren sprachlos. Fast sah es so aus, als sollte das ganze Drama doch noch halbwegs glimpflich zu Ende gehen. Wenn wirklich noch alle Sachen da waren, würde das ja auch für ihr Küh zutreffen. Dann jedoch, auf dem Hof des Abschleppunternehmens, sank ihr kurzzeitiges Stimmungshoch erneut auf den

Nullpunkt. Es war weniger der Anblick des Blechhaufens, der einmal ihr neues Auto gewesen sein sollte. Tatsächlich hatten auch ihre Koffer und Taschen den Unfall relativ heil überstanden und erwiesen sich als vollzählig. Aber das Wertvollste, auf das es den drei Patzelts wirklich ankam, das fehlte: ihr FlühMühKüh. Das gesamte Wrack wurde mehrmals abgesucht, jeder Winkel sozusagen unter die Lupe genommen – doch ohne Erfolg.

»Haben Sie denn an der Unfallstelle nicht vielleicht doch ein kleines Plüschtier gesehen – eine Kuh, gefleckt, mit einem Halstuch?« Cäcilia flehte den Chef der Firma in seinem Büro förmlich auf Knien an. Der zuckte nur bedauernd mit den Schultern: »Tut mir leid, aber das da draußen ist alles, was unser Mitarbeiter auf der Autobahn eingesammelt hat. Mehr kann ich wirklich nicht für Sie tun. Ach so, ja: Ihr Leihwagen ist gerade eingetroffen …«

Es wurde eine traurige Urlaubsheimreise, welche die Patzelts dann am späten Nachmittag antraten. Cäcilia und Anne schluchzten ab und zu leise vor sich hin, während Martin fuhr und mit zusammengekniffenen Lippen überlegte, ob man nicht doch hätte weitersuchen müssen. Aber wo? Am Unfallort? Den hatte die Polizei – wenn auch nur sehr widerwillig – noch einmal auf sein Bitten hin genauestens in Augenschein genommen. Ohne Ergebnis. Leider stand schließlich und unweigerlich fest: Das FlühMühKüh, welches vor zwei Wochen unerwartet in ihr Leben gekommen und inzwischen mit seiner liebenswerten Art und Weise ein vollwertiges Mitglied der Familie geworden war, blieb spurlos verschwunden.

Und Martin fühlte sich an dem ganzen Schlamassel fürchterlich mitschuldig.

»So, nun bist du wieder sauber«, meinte Paul Bachweber, nachdem er das Küh zuerst mit Reinigungsbenzin und dann im Waschbecken seines Badezimmers mithilfe einer kräftigen Weichspülerlösung gründlich gesäubert hatte. Das ließ sich diese Behandlung nur sehr ungern gefallen und blubberte selbst jetzt noch, als es zum Trocknen auf einem Heizkörper lag, leise und Seifenblasen erzeugend vor sich hin. Doch bis auf die Verschmutzung schien das kleine Wesen unversehrt geblieben zu sein. Und offensichtlich verstand es, was Paul sagte, denn auf die Frage, ob es Hunger habe (vielleicht fraßen ja *lebende* Plüschkühe auch Grünzeug?), schüttelte es nur leicht den Kopf und schaute seinen Retter aus glanzlosen schwarzen Knopfaugen traurig an.

»Na, das wird schon wieder …«, dies war ein Spruch, den der Abschleppfahrer schon zig Mal von sich gegeben hatte, wenn er versucht hatte, Menschen zu trösten, deren fahrbarer Untersatz auf irgendeine Art und Weise den Geist aufgab und die dann von ihm Hilfe erwarteten. Hier, bei dieser Plüschkuh, war er jedoch ratlos. Erst mal müsse sie über Nacht auf der Heizung trocknen, beschloss er schließlich. Und morgen am Sonntag hatte er frei, da konnte man dann weitersehen, wie sich die Sache entwickelte.

Am nächsten Vormittag nach dem Frühstück ging Paul in seine Garage. Er wollte heute versuchen, den Motor des alten Volkswagens wieder zum Leben zu erwecken. Um ein wenig Gesellschaft bei seiner Arbeit zu

haben, hatte er das inzwischen getrocknete Küh mitgenommen. Vorsichtig setzte er es auf ein Regalbrett, dann
verschwand der Mann unter der geöffneten Haube im
Motorraum des Autos.

»Das müsste doch eigentlich funktionieren …«, drang
es gedämpft an die Ohren des FlühMühKüh. »Wieso
springt er denn dann nicht an?« Paul ging nach vorn
und drehte den Zündschlüssel, aber mehr als ein immer
kraftloser werdendes Anlasserorgeln war dem Auto nicht
zu entlocken. Also wieder zurück nach hinten und weiter
den Fehler gesucht. Mittlerweile ging das Spielchen schon
über eine halbe Stunde, ohne dass sich irgendetwas regte.

»*Sie haben die Zündkabel vertauscht*«, sagte auf einmal
ein leises Stimmchen in Paul Bachwebers Rücken.

Krach! Plauz! Schepper! – Der erschrockene Mann
stieß sich beim jähen Hochfahren ziemlich derb den
Kopf an der geöffneten Motorhaube.

»Was??? Was hast du …? Wieso …? Tatsächlich!!!«
Dem gestandenen Pannenhelfer war wirklich dieser
dumme Anfängerfehler unterlaufen; das Anordnen der
Kabel in der richtigen Reihenfolge ließ den Käfermotor
sofort aufjubeln. Paul schaltete die Zündung aus und
ging zum Küh. »Wieso hast du das gewusst? Woher
kommst du eigentlich und – wer bist du?«

Das FlühMühKüh zuckte nur hilflos mit den Schultern. »Ich habe keine Ahnung. Ich kann mich an überhaupt nichts erinnern. Nur dieser Einfall jetzt – er war
plötzlich da. Vielleicht habe ich das alles schon einmal
erlebt. Aber wo und wann …?«

Nun war es klar: Das Herausschleudern aus dem Auto
und der harte Aufprall auf der Fahrbahn hatten in un-

serem FlühMühKüh offensichtlich jegliche Erinnerung an seine Vergangenheit ausgelöscht. Aber scheinbar nicht vollständig, wie der Einfall mit den Zündkabeln bewies.

»Du bleibst erst mal bei mir, kleine Kuh«, beschloss Paul Bachweber schließlich. »Mit der Zeit fällt dir bestimmt ein, wo du herkommst und zu wem du gehörst. Das wird schon wieder …«

»Ich glaube, ich bin gar keine Kuh«, grübelte das FlühMühKüh leise vor sich hin, was allerdings schon ein wenig seltsam klang. »Aber was bin ich dann?« Doch es konnte seinen Kopf anstrengen, wie es wollte, alles in seinem Gedächtnis blieb hinter einer grauen undurchdringlichen Nebelwand verborgen.

Am Montag nahm der Abschleppfahrer das Küh mit zu seiner Arbeitsstelle. Er konnte es einfach nicht übers Herz bringen, das kleine Plüschküh mit seinen Problemen allein zu Hause zu lassen. Hier würde es Ablenkung und Zerstreuung finden. Das FlühMühKüh wurde hinter der Windschutzscheibe auf dem Armaturenbrett von Paul Bachwebers Lkw platziert. Dann meldete er sich im Büro der Dispatcherin und kam kurze Zeit später zurück.

»Heute haben wir eine große Tour vor uns«, verriet Paul. »Ich muss einen Leihwagen zurückholen, den eine Familie am Sonnabend nach einem Unfall gebraucht hat. Mal sehen, äh, wie die heißen, hm … Patzelt oder so.«

Ein riesengroßes Bilderkarussell begann sich beim Erwähnen dieses Namens urplötzlich vor den Augen des FlühMühKüh zu drehen. Personen, ihre zugehörigen Namen, Gegenstände und Erlebnisse tanzten in einer atemberaubenden Geschwindigkeit wild durcheinander. Die Gesichter von Marie, Anne, Martin, Li Yang, Cäcilia, Teresa und Bonifazius rasten vorbei; der Buchladen und die Spielzeugfabrik erschienen und verschwanden wieder.

Dann, ganz abrupt, zog jemand die Notbremse des Karussells, alles sortierte sich im Gedächtnis unseres Plüschhelden und die Nebelschwaden vor seinen Erinnerungen verschwanden wie Frühdunst an einem sonnigen Sommermorgen. Das FlühMühKüh schüttelte sich noch ein paar Mal, drehte sich um und sagte zu einem erstaunten Paul Bachweber: »Ach, könnten Sie mich büüütte nach Hause bringen, ja???«

Die gedrückte Stimmung der Patzelts hatte sich seit der Rückkehr aus dem Urlaub nicht wesentlich gebessert. Der einzige Lichtblick war, dass die Versicherung den Schaden an ihrem Fahrzeug übernehmen und die Familie wohl in Kürze einen neuen Kombi haben würde. Aber ihr außergewöhnliches und einzigartiges FlühMühKüh, das konnte ihnen keine Versicherung der Welt ersetzen.

Heute, am Montag, sollte der Leihwagen wieder abgeholt werden. Martin, Cäcilia und Anne waren deshalb zu Hause geblieben; es hatte ohnehin keiner der drei Lust, irgendetwas zu unternehmen. Gerade, als man nachmittags am Kaffeetisch saß, klingelte es an der Haustür.

»Ich geh schon«, meinte Cäcilia und öffnete. Draußen stand ein älterer Mann in einem gelben Overall.

»Ach, Sie wollen sicher das Auto abholen, nicht wahr?« Das war eigentlich mehr eine Feststellung als eine Frage.

Der Mann nickte und schmunzelte. Cäcilia wunderte

sich, dass er die ganze Zeit die Hände auf dem Rücken verschränkt hielt, gerade so, als ob er etwas vor ihr verstecken wollte.

»Nicht nur das, junge Frau. Ich möchte Ihnen auch etwas zurückbringen, was Sie, glaube ich, schon sehr vermisst haben.«

Auf der nun langsam zum Vorschein kommenden rechten Hand von Paul Bachweber saß das FlühMühKüh, welches mit glänzenden Augen fröhlich verkündete:

»Hallo, da bin ich wüüüder!!!«

Zum Schluss

Ein paar klitzekleine Dinge sind abschließend noch zu berichten:

Keine Frage, bei den Patzelts waren der Jubel und die Freude über die Wiederkehr ihres FlühMühKüh unbeschreiblich. Der Retter des kleinen Plüschhelden, Paul Bachweber, musste natürlich zum Kaffee bleiben und über alles genauestens berichten. Patzelts ließen ihn vor dem frühen Abend nicht gehen und dann nur mit dem Versprechen, unbedingt wieder einmal bei ihnen vorbeizukommen. Und ich glaube, der Paul wird das sicher in Kürze tun. So, wie er auch das Küh ins Herz geschlossen hat.

Bonifazius und Marie haben sich in der Zwischenzeit schon mehrmals telefonisch gemeldet (Schweine können manchmal eben doch anrufen …). Beide waren sehr erleichtert, dass ihnen das Küh ihr Verhalten nicht mehr übel nahm. Irgendwann im nächsten Sommer soll es ein Wiedersehen im Erzgebirge geben.

Übrigens: Teresa bekam einen leichten Ohnmachtsanfall, als sie das Plüschschwein und ihre Tochter beim Hantieren mit dem Chemiebaukasten ertappte. Schuld war nicht etwa die kleine Verpuffung als Folge eines – wieder einmal – misslungenen Experiments, sondern vielmehr die plötzliche Erkenntnis, dass alle scheinbar unerklärlichen Vorgänge damals in der Buchhandlung sich auf einmal als Realität herausstellten. Mittlerweile hat sie Bonifazius aber als vollwertiges Mitglied ihrer kleinen Familie akzeptiert und hütet nun gemeinsam mit Marie das Geheimnis ihres ungewöhnlichen »Hausschweins«.

Die Brüder Kuno und Konrad Greifzu fanden beim Richter keine Gnade. Für ihre dreisten Diebstähle und Betrügereien wurden sie umgehend für mehrere Jahre hinter Gitter gesteckt – diesmal ohne Aussicht auf frühzeitige Entlassung. Man darf gespannt sein, ob ihnen diese Erfahrung eine Lehre sein wird.

Ach ja, fast hätte ich es vergessen: Durch sehr intensives Stöbern in Antiquitätengeschäften und Internetauktionshäusern ist es mir gelungen, die zertrümmerte Tasse aus Cäcilias Kaffeeservice durch ein passendes Exemplar zu ersetzen, sodass auch dieses Kapitel abgeschlossen werden kann.

Und unser FlühMühKüh? Es hat im neuen Auto der Patzelts einen richtigen kleinen Sitz bekommen – natürlich mit Anschnallgurt!!! Es liest, es schaut sehr gern Krimis im Fernsehen und kombiniert, wer der Täter sein könnte. Es spielt auch Schach gegen Anne oder Martin und ist natürlich bei allen Unternehmungen der Familie dabei. Auch in einem Flugzeug ist es schon mitgeflogen – zwar nur bei einem kurzen Rundflug mit einer kleinen Maschine, aber immerhin.

Und – es reist!!! Zusammen mit den Patzelts.

»Denn: ›Eine Reise ist ein Trunk aus der Quelle des Lebens‹, wie Friedrich Hebbel wusste«, meint das FlühMühKüh mit sehnsuchtsvollem Blick. »Oder: ›Man reist ja nicht, um anzukommen, sondern um zu reisen‹, hat schon Goethe gesagt.«

»Manchmal kommt es mir fast ein bisschen neunmalklug vor«, bemerkt dann jedes Mal schmunzelnd Cäcilia. »Sicher liegt das an den vielen Büchern, die es in der Buchhandlung gelesen hat.« Aber im Grunde genommen hat es doch eigentlich recht, nicht wahr?

Tja, und damit bin ich nun wirklich am Ende meiner Geschichte angekommen. Falls also dem Leser dieser Seiten einmal eine Familie begegnet, aus deren Auto, Tasche oder Rucksack eine neugierige Plüschkuhnase herausschaut, dann sollte er oder sie sich nicht allzu sehr darüber wundern. Vielleicht sind es ja die Patzelts und das FlühMühKüh bei ihren Lieblingsfreizeitbeschäftigungen:

Reisen, Unterwegssein und das Neue entdecken!!!

ENDE